となりのセレブたち
篠田節子
新潮社

目次

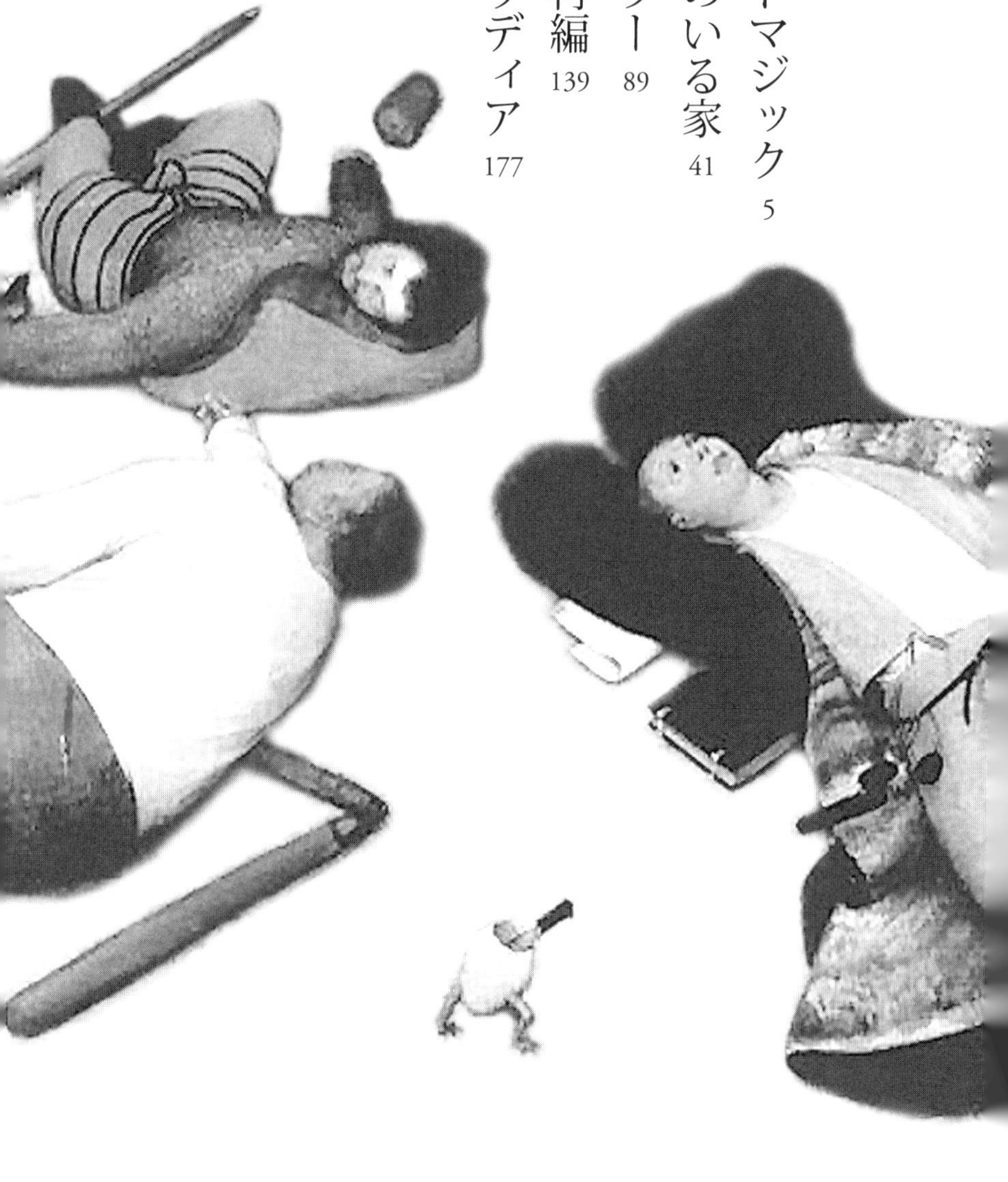

装画　カバー、表紙：P.ブリューゲル（子）「農民の喧嘩」より
　　　扉、目次：P.ブリューゲル（父）「怠け者の天国」より
装幀　髙橋千裕

となりのセレブたち

トマトマジック

　この人とは、これ以上、近づかない方がいいかもしれない。

　戻したポルチーニを細かくきざみながら、美千子（みちこ）は居間のソファで形の良い脚を組んで座っている女をうかがい見る。

「先生、お米の炊きあがり、こんな感じでいいですか？」

　器を見せたよしみの骨張ったひとさし指に、細かなダイヤが無数に光っている。

「ああ、とてもいい感じ。ありがとう」と微笑んだ後、「ああ、よしみさんね」と、テーブルの上のステンレスボウルに米をうつし始めた女の、ほっそりとした肩に向かい声をかける。

「指輪、こちらに置いたらどうかしら？　ほら、ドレッシングが跳ねたりするから、せっかくのダイヤが台無しになってしまうわ」と、傍らのナプキンを四つに折り畳み自分の掌に置いて差し出す。

　まったく最近の四十代ときたら……と心の内で舌打ちする。

「すみません、気がつかなくて。いつもしていると、ついつい自分の皮膚みたいな感覚になってしまうんですよね」

　よしみはゆっくりとダイヤのリングを指から引き抜き、麻の地に白糸で刺繍（ししゅう）したナプキンの上に置く。

「ほんとうにそうね、私も結婚指輪は、お料理するとき以外は、お風呂に入るときも外していないわよ」と応じながら、えっと、目を凝らす。

指にはまだダイヤが光っている。

二本目を外す。さらに三本目。

「まあ、組み合わさっているの？」

細く繊細な指輪が三本、ティアラ型、ブドウの房のような形、それに唐草模様、それぞれに異なる形の指輪を重ねることで、立体的でゴージャスな一本の指輪に見えるようになっている。

「面白いでしょう。組み合わせて付けられるんです」とよしみが解説しながら、一本だけはめてみせる。思いの外、清楚で繊細な表情だ。さらにもう一本を重ねる。ほどほどの華やかさ、さらに別の一本……。

魔法のように指の上で形を変える指輪。その光を見つめているうちに、魅入られたように周りの風景が消え、頭がぼんやりしてきた。

「よしみさんの指だと、よけいに映えるわね」

背後からの声に、我に返る。

美千子と同年配の豊子が、肩越しにのぞき込み、自分の掌を見て溜息をつく。

「こんな短くて太い指では、せっかくのダイヤも台無し」

「いいえ、豊子さん、これが立派な主婦の手ですもの。本当に私も見習いたいと思っているのよ」と美千子は、その手を自分の両手で軽く挟む。

「あ、これ、オーガニックワインとドライフルーツです」

ソファで一人娘の沙哉子としゃべっていた女が、リカーショップの紙袋を手にしてようやく席を立ってきた。

「まあ、お気遣いいただいて」とそちらの方を一瞥したただけで、美千子はまな板の上でパンチェッタをきざみ始める。

「ドライフルーツは先日、中米の砂漠に行ったときに、向こうの方に分けていただいたものなの。おつまみじゃないので、決して、お酒と一緒には召し上がらないで」

「あ、はいはい」

刻んだパンチェッタを器に移し、包丁とまな板についた脂を丁寧に拭いてレーズンを刻む。豊子が太り肉の体を割り込ませてきて、よしみが炊いた米とそれらのものを手際よくまぜていく。

「日本の男って、基本的な生活能力がぜんぜんないじゃない？」

ソファに戻った女が、沙哉子を相手に話を続けている。

「でもね、バルラムはたちまち直してしまったの。パーツも道具も売ってない田舎町よ。だからそういうものを自分で作ってしまうわけ」

いったん言葉を切って、ささやくように続けた。

「物を作る手っていうのは、すごくセクシーなのよ」

「沙哉ちゃん」

美千子は娘を呼ぶ。

「パスタの茹で具合を見てちょうだい」

「あ、先生、私が」

よしみと同じ四十代の主婦がさっとコンロの前に立つ。よけいなことを、というつぶやきが危うく口をついて出そうになる。彼女は斜め向かいの家に住む大学教授の妻で、大人しく控えめな人だ。

「そうやってバルラムは家まで作ってしまったの。だからその家でバルラムと住み始めてしまったのよ。ほら、いるでしょう。交尾するためにすごく豪華な巣をつくる鳥が。お金じゃないのよ、そういうことができる腕と体に惚れたの」

「沙哉ちゃん」

いっそう甲高い声で呼ぶ。

家になど呼んだのが間違いだった……。

彼女、ケイ・ミズマは染色アーティストとして、女性誌にも頻繁に登場する。少し前には教育テレビでも特集が組まれていた。ニューヨークと東京とバリに工房と店を持っていて、国際的な賞も受けた。

ナプキンやテーブルセンターにビーズ刺繍をほどこす美千子の手芸は個展を開くほどの腕前とはいえ、近所の主婦を集めて教室を開いている一主婦の自分が、そんな有名人と雑誌で対談することになったときは、天にも上る気持になった。

手芸教室の生徒の夫がたまたまカード会社の広報誌を作っており、そうした縁で声をかけられたのだ。アーティストとして良い仕事をしていても、あくまで本業は主婦。母として妻としての日常に手は抜かない。美千子のそんな生き方が認められたのだった。

カメラのレンズが向けられ、目の前にはボイスレコーダーが置かれ、編集者やライターに取り囲まれて舞い上がっていたから、対談の内容など覚えてはいない。

ただ早朝から美容院に行き、その日のために用意した渡辺雪三郎のスーツに身を包んで出かけた自分の前に、その染色家は日焼けした顔に化粧気もなく、ロングTシャツにローマ戦士のような革の編み上げサンダルを履いて現われた。ファッションなのか、身なりにかまわないのかわからない、そんな出で立ちは雑誌のグラビアで見たとおりだったが、まさかブラジャーまで付けてないとは思わなかった。

さほどふくらみもない筋肉質な胸に、ぽつりと浮き出した乳首に目のやりばがなく、困惑したのだけは覚えている。その一方で、さすがにひとかどの人物は堂々としている、と感心したりもした。

「バルラムと結婚？　結婚という形自体、私の中ではあまり意味がないし考えたこともないのよね」

鶏肉を薄く開きながら、危うく自分の指まで開きそうになった。

「沙哉」

厳しい声で呼んだ。

「お皿出して、伊万里の、お婆ちゃまからいただいた、あれ」

「もうっ、うるさいなぁ」

とんでもない言葉が返ってきた。

「先生、こちらですよね」

大学教授の妻、志摩子（しまこ）が、棚から古びた大皿を引っ張り出し、素早く水洗いしはじめた。

また、余計なことを……。

控えめでよく気がつく人なのだが。

「白の染色が私の究極の夢なわけ。矛盾じゃないの。今までだれもやったことはないと思う。ミャンマーの奥から、インドネシアの小島まで、これまでずっと旅の連続だったのは、それを探していたから。二十四年かけてやっとヒントを見つけたところよ。これから自分の手で完成させるまで十年くらいかかるかな」

お願いだから娘の前でそういう話は止めて。

小学校から名門私立に入れた。習い事もさせた。受験に追いたてられることがないように、のびのびと育てた。心豊かに育って、幸せな結婚をして、幸せな人生を送れるように。

本人の望み通り、美大でテキスタイルなんかやらせたのが間違いだったのだろうか。女性なら美意識は大切、と信じていたから、喜んで入学させたのに。希望するままに、海外ブランドの服飾メーカーに就職させたのもせいぜい結婚までのつもりだった。

娘からプレス枠で招待状をもらって、そのブランドの新作発表パーティーに出かけたのは、すばらしい体験だったけれど、まさか三十過ぎてもそんなところで仕事を続けているとは、想像もしていなかった。広報担当とかいって、始終、ヨーロッパ出張しているけれど、所詮はただの営業ウーマン。それがあの子にはわかっていない……。

薄く開いた鶏肉でさきほどの米やポルチーニなどのフィリングをしっかり包んで、フライパンで焼く。

「ああ、ヌゼは才能ある男よ。アーティストとして尊敬しているし、かけがえのない恋人であり、親友なの。ほら、フランス人の指の動きって、繊細じゃない」

意味ありげな含み笑いに続き、娘のあっけらかんとした大笑い。

頭に血が上りかけたとき、大きな舌打ちが聞こえた。豊子が口元を引き締め、二重顎(あご)にますます深い襞(ひだ)を刻んで、リビングの方を一瞥した後、美千子と視線を合わせる。

その視線で、怒りを押さえることができた。

そう、あんな人は放っておいた方がいい。娘だって表面上合わせているだけ。

あの子、営業みたいな仕事をしているから、どんな人にでも話を合わせられるの。

「先生、これ、鶏肉が」

よしみが悲鳴を上げた。表面を固めるだけのつもりが、きつね色を通り越して狸(たぬき)色になりかけている。

慌ててフライパンを火から下ろしてキャセロールに移す。悲鳴を上げている暇があれば、やってくれればよさそうなものなのに、と十あまり若い女の、毛穴一つ見えない完璧な化粧の施された顔を見やる。

「合法なのよ。あそこでは。幻覚？　まさか。いやぁだ。ＬＳＤじゃないんだから。すてきな体験には違いないわね。少し空しいけれど、覚めたあとに、自分がよくわかるの」

ぎょっとして、オーブンのタイマーをセットする手が止まった。犯罪者だ。彼女は。

なぜ、あんな女を家に呼んでしまったのだろう。

確かに有名人ではあるけれど、ろくなものじゃない。海外や日本に工房やら店やら持っていたって、所詮は時流に乗っただけ。アーティストではなく、自分を売ることに長(た)けたただのタレントだったのだ。本当のアーティストは、そんな不道徳なことはしない……。

人間って、やはり知名度や地位なんかじゃない。

自分の指から紡ぎ出されたテーブルセンターに視線を落とした。

白い麻に、パステルカラーの繊細な刺繍、銀のビーズ。

ドイツやフランスの古い文献を取り寄せて、そこに描かれた図案からふさわしい模様を探す。

何度も図案を描いてデザインを決めたら、布を選び、糸を決め、ビーズを選び、それから一刺し一刺し、丁寧に丁寧に仕上げていく。それが本当のアートだし、本物のアーティストというのは、そんな地道なことをこつこつと積み重ねられる人。

でも私はアーティストを名乗っていないし、この先も名乗るつもりはない。

本業は主婦。夫と子供が一番大切だから。その生活と愛情の中から生み出される芸術が、私の刺繍。

もし自分に家庭がなかったら、と娘と笑い転げている女の、日焼けして筋張った素足を見る。この人より、ずっとずっと評価されて、有名になっていたに違いない。けれどそんな選択はしたくない。そんなのは少しも幸せではないし、女として二流の人生だから……。

「ああ、先生、ごめんなさい」

よしみがうろたえている。

「トマト、買い忘れてしまって、すぐに行ってきます」

間に合わない。オーブンは温まっているし、詰め物をしたチキンもスタンバイしている。刻んだエシャロットも、マッシュルームも、香草もチーズも、すべて用意されている。しかし南イタリアの料理にトマト無しでどうするの。

まったく近頃の四十代ときたら、娘のような格好をすることだけに精を出して……。

「これ、使いましょう」

豊子が棚から細長いトマトの描かれた缶詰を取り出す。

「待って」

サルサ・ポモドーロを作るならともかく、こんなものを刻んでそのままオーブンに入れたら、

を自宅に預かったりしていた。今はみんな大きくなってしまってそれほど手はかからないが、幼い頃はなかなかたいへんだったらしい。

しかしこんなおみやげをもらえるのなら……。

「それじゃ、ワイン開けます？」

ケイ・ミズマが、主婦達を見回した。

困ったように微笑しながら、志摩子が美千子の方をうかがう。

「お昼間ですからね……」と豊子が、えくぼのできた小さな口元を引き締める。

「少しくらいならいいでしょう」と美千子は微笑みながら「こんな日のために、用意しておいたんですよ」と冷蔵庫から、桜の色と香りのついたスパークリングワインを取り出した。

「ごめんなさいね。お持たせの高級ワインは、お昼のチキンでなくて、ローストビーフを焼いたときにいただくことにしましょう。もったいないですもの」

「まあ、なんてきれいなシャンパン。この季節にはぴったり」

ミズマは、はしゃいだ声を上げた。なかなかにそつがない。

前菜代わりのサラダで乾杯した。

グラスを下ろしたとたんに、「痛っ」とミズマが悲鳴を上げた。

美千子の作品である、刺繍を施したテーブルクロスの、銀色のビーズの上に肘を乗せてしまったのだ。

「あらあら、大丈夫？」

テーブルに肘をつくなどという行儀の悪い真似をするからだ……。

「でも、こんなに綺麗なビーズ刺繍じゃ、うっかりソースでもこぼしたら大変ねえ」

人の家に招かれたときには、レストランと違って、決してテーブルクロスやナプキンを汚してはならない。

基本的なテーブルマナーだ。

「そうしたところで、布に口紅やソースを付けるような人は、二度と招かれません」

夫の知り合いのイギリス婦人に、そう教えられた。

国際的に活躍しているアーティストといっても、この人の常識はこんなものなのね……。

チーズの焼ける良い匂いが漂ってきた。

今日のメイン、若鶏の詰め物ナポリ風ができあがった。

鍋摑み(つか)を使って取り出し、キャセロールごとテーブル中央の耐熱皿の上に置いた。

鶏肉はやや狸色だが、周りの野菜がソース状になりふつふつと煮え、チーズにほどよい焼き色がついている。

「まあ、おいしそう」と豊子が白くふっくらとした手を叩いた。

美千子は取皿を手にして盛りつけると、まずゲストのケイ・ミズマの前に置きかけた。

「ごめんなさい」

片手で押し戻すような仕草をする。

「二年前から、マクロビオティックを実践しているので」

「は?」

「体の中の自然の調和を大切にした食事のことよ。二年くらい前に、ちょっと体調が狂って、精神的にも今ひとつっていう時期があったので、食生活を切り替えたの。以来、白米とか白砂糖、肉は体に入れないことにしているので」

いきなりの辞退だ。

興味深げに聞き入る者と、不愉快そうに眉をひそめる者と、テーブルは二手に分かれた。

それにしてもどんな食生活を送ろうが勝手だが、人の家に招待されてそのポリシーを披瀝(ひれき)し、出された料理を拒否するというのは、不作法も甚だしい。

「先生、それでは代わりに私が」と豊子が素早く手を伸ばして、その皿を受け取り、ミズマに向かって尋ねた。

「そのマイクロダイエットとかいうお食事は、何なら召し上がれるの？」

「ええ、マクロビオティックは、たとえば、玄米を主食にして野菜や漬物や乾物などを副食とする食事なのよ。日本が発祥だけど、今は、海外で実践されてるの」

「あら、そんなお食事なら、すぐにご用意できましてよ」

勝ち誇った気持ちで、美千子はテーブルを立つ。

冷蔵庫のタッパーから炊き合わせを取り出し、小鍋で温める。

圧力炊飯器に入っていた五穀玄米を使い、きなことごまの一口おにぎりを作る。

容器に入れておいた一夜漬けを盛りつける。

五分とかからない。

さすがの芸術家も目を丸くした。

私、別にイタリアンとフレンチしか作れないわけじゃありませんから……。

「主人のために用意しているんですの。何しろ毎晩毎晩、接待でしょう。家族の健康管理は、主婦のつとめですから」

「あ、ママ、私もそっちにする」

沙哉子がすかさず言う。

変な人の影響は受けないでちょうだい、と心の内で叱りつける。パパが食べているときには、興味も示さなかったくせに。

「あらそんな少し?」

よしみが自ら取り分けた皿の上のチキンを見て、豊子が言う。

「ごめんなさい。とってもおいしいんですけど、すぐお腹がいっぱいになってしまうので」

ほっそりした手を置いた腹は、見事なばかりにへこみ、腰がくびれている。

近頃の四十代は、と溜息をつき、あれほどのプロポーションを保っていれば、もっとすてきな服を着れるのに、とその二十代OLの合コン衣装のようなひらひらしたスカートに目をやる。

「いいわねえ、すぐにお腹が一杯になるなんて」

豊子が二重顎を震わせて笑う。

「私なんて、欲望のままに生きているからこんなになっちゃって。これでも反省しているんですけどね」と、チキンを詰め物ごと手際よく切り分け口に運ぶと、お代わりした。

「でも先生のお料理はあんまりおいしくて」

「欲望のままになんて生きていないじゃありませんか」と美千子は首を振った。本音だった。

「私など一人しか子供を育てたことがないのに、豊子さんが育てられたのは七人」

「七人?　お子さんが?」

志摩子が目を瞬かせた。

「ええ、食べ盛りの男の子さん三人は、ご自分のお子さん。それに病気で長期入院している従妹さんのお嬢さんとお坊ちゃんが三人。そのほかにご主人の仕事の関係で、お宅にホームステイなさっているオランダ人の大学生」

「みんなかわいい子たちばかりですから」

豊子は、小さな目を細めた。

そちらに顔を向け美千子は、ゆっくりとうなずき、一同を見渡す。

「私ね、それは社会的地位のある方、立派な業績を残された方も、もちろん尊敬していますよ。でもね、本当に尊敬できる方は、雲の上ばかりでなくて、普通のお母さん、普通の主婦として、こんなふうにすぐそばにいらっしゃるの」

本音であり、同時に、目の前のアーティストに対する当てこすりでもある。

「そんなこと、ありませんよ」と豊子は顔の前で手を振って笑う。

「いいえ。入院したきり滅多におうちに戻れない従妹さんのところに、ご自宅の息子さんたちのご飯を用意してから、車で三十分かけて行かれて、お嬢さんと坊ちゃんにご飯を食べさせて、そちらのご主人のお食事のお世話もして差し上げて、片づけて戻ってきたら夜遅く帰ってくるご主人のために、またご飯を用意して。それを十二年間も欠かさず続けていらっしゃるのよ」

「十二年経ったら、上の子は、もう、自分でご飯くらい作れる歳になってるんじゃないんですか。お父さんだって大人なんだし」

沙哉子が口を開いた。

「それは」とおっとりした口調で豊子は言った。「上のお姉ちゃんは大学生になってしまったけれど、下はこれから受験ですもの。本当ならお母さんが家にいてあげなくちゃいけないんですけど、病気ではしかたありませんわね」

「そうですよね。女の子とはいっても部活も勉強もありますから」と志摩子が遠慮がちに同意する。

「そうそう」とよしみが身を乗り出した。「それに」とマスカラで数本ずつ固まった睫を上下させて、美千子や志摩子の顔に視線を走らせる。「奥さんが入院している間に、旦那さまが別の女性にふらふらっとなったりしたら困るじゃないですか。親類の方がご飯を作って毎晩待っていたら、そんなこと、したくたってできないでしょう。不倫の始まりって、やっぱり『ちょっと食事でも』からですもの」

豊子の朗らかな小さな目が、ぎょっとしたように見開かれた。

「それはあなたたちの年代の話で」と慌てて美千子は割って入る。

五十代と四十代ではあきらかに常識が異なっている。一応は良家の主婦のはずが、こういうところで平気で失礼なことを口にするから困る。

「ええ？　でも、先生は本当にご主人に秘密を持ったこととかないですか？」

いたずらっぽく笑ったよしみの頬が赤い。

この人、酒に弱かったのだ、と美千子は、その前に置かれた空のグラスに目をやりながらあらためて思った。彼女なら夫に言えない秘密の一つや二つ持ったにしても不思議はない。

「ありますよ」と美千子は笑って答える。

「銀座の宝石屋さんに入って、すてきな小さなイヤリングをみつけて、こっそり」

「そうじゃなくて大人の秘密です」

「それが立派な大人の秘密じゃありませんか」

豊子はたっぷり脂肪の乗った喉を震わせ、軽やかな笑い声を上げ、気兼ねが顔に出たような志摩子の白い顔にも笑みが浮かぶ。

沙哉子はくだらん、と言わんばかりに鼻にしわを寄せてこちらを一瞥すると、隣のケイ・ミズマとしゃべり始める。

「別にお付き合いするとかいうのじゃなくて、いつも行く美容室のイケメン店長とか、沙哉子ちゃんの学校の体育の先生とか。ときめいたりなんて、ないですか？」

酔ったせいかよしみは、ますます品の悪いことを口走りながら食い下がってくる。豊子が小さく眉をひそめる。

「みんな女の人ですよ。美容室の先生も体育の先生も。娘の学校はカトリック系ですからね」

「韓流スターやＳＭＡＰは？」

ここまでくると沙哉子までが笑いをこらえて、こちらを注視した。

「韓流？」

妙なことを思い出した。

ソフトな笑顔に似合わず、裸になるとびっくりするほどたくましい体をしていたイ・ビョンホン。そこには不思議と何もセクシャルなものは感じなかったけれど、意外に毛深いヨン様の太ももを見たときには、ひどく落ち着かず、いたたまれないような恥ずかしさを覚えた。あれをセクシーな感じというのだろう。嫌らしい、という言葉の方がぴったり来た。「嫌らしい」がまんざら嫌悪というわけでもなく、胸がどきどきしたりするのが、妙な感じで戸惑った。

もしも……もしも毛深い太ももがヨン様のものではなく、いつも来るクロネコヤマトのドライバーだったとしたら。あの礼儀正しい好青年が、制服のズボンを脱いだらあの太ももだったりして……「奥さん、そう、ここ。ここに判子押してください。ありがとうございます。それじゃ今度は僕が奥さんのここに、」

ああ、嫌だ。

考えたくもない。他人の本音はのぞきたくないが、自分の本音はもっと見たくない。

こんな話題には、そもそも近づかない方がいい。

「この歳になると、恋愛よりすてきなことがたくさんあるんですよ」

豊子が助け船を出した。

「欲望に縛られない分だけ、楽しいことが増えてくるの。きれいなものを見に行ったり、おいしいものを食べたり」

どぎまぎしている美千子の代わりに、豊子はさきほど作っておいたティラミスとレモンシャーベットを冷蔵庫から取り出してきて、手際よく足つきグラスにサーブした。

「私、お腹いっぱいなんで、もうレモンシャーベットだけ」とよしみが細く骨張った腕を伸ばす。

「そう、では、私は両方」と豊子は二つとも自分の前に置く。

「やはり、さっき言ったことは撤回しますよ。欲望もたくさん。それ以上に、いろんなことに興味があるし、いろんなことを始めたいわ。でも、私の場合、何より子供かしら。自分の子も、他人様の子も、小さな赤ちゃんも、沙哉子ちゃんくらいの若いお嬢さんも。可愛くて可愛くてしかたないの。いいこと?」と豊子の顔が、沙哉子の方に向いた。

「女の人はね、自分の子供を産んで育てることで、愛情にスイッチが入ってしまうものなのよ」

「はい」

姿勢を正し、沙哉子は笑みとともに深くうなずく。それが会社で訓練された単なる接客作法であることが、美千子にはありありとわかる。

「本当にそういうものですよね」と志摩子が小さな声で言う。こちらは本音の同意だ。

志摩子は、彼女の夫と同じ大学の薬学部の八年後輩だ。しかし夫のように大学院に残ることはせず、学部を卒業するとすぐに結婚した。さきほどケイ・ミズマに、よしみの夫が開業医であることを話した後、「こちらはこの春、東大の教授になられて」と志摩子を紹介すると、「ああ、最近、女性の研究者も増えてますね」ととんちんかんな受け答えをしたものだ。話の流れから、夫の事だとわかりそうなものなのに。

「お仕事はいつでもできるけれど、子供を産めるときって限られていますし、何より、子供と一緒にいられる時間は、かけがえのないものですから。人に預けて外で働くなんて、とてももったいなくて」

自分に語り聞かせるように、志摩子は言う。美大に入学してから勝手なことばかりしている我が儘娘にそんな言葉を聞かせてくれる志摩子に、美千子は心底感謝した。

「でも仕事していれば責任が重くなるし、今が正念場ってときもあるので、なかなか結婚とか考えられないですよ。それに志摩子さんみたいに国立大学を出た人は、投入された税金を、働いてきちんと社会に還元しないと」

沙哉子の冷めた声が、答えた。

血の気が引いた。いくら母親の生徒とはいえ、お客様に向かってなんと失礼なことを。なぜこんな娘に育ってしまったのだろうか。

「お子さんを産み育てることが一番の社会貢献じゃありませんか」

美千子は厳しい声でたしなめたが、「頼もしいわねえ」と豊子は鷹揚（おうよう）にうなずいた。

「さすがは、キャリアウーマン」とよしみが、無意識にか意図的にか、死語を使う。「うちの娘など大学を卒業したら、即、専業主婦になるって、エントリーシートさえ見てないんですよ。

『お母さん、だれかいたら紹介して』って、取り柄がないのは自分でもわかっているから、私みたいなライフスタイルが一番、幸せだと知ってるみたい」

「いえいえ、よしみさんのお嬢さんが取り柄がないなんて言ったら……。あんなに優秀な大学に現役合格されて。英語もフランス語もぺらぺらなんでしょう」

「それは、それなりの大学を出ないとちゃんとした男の人とは結婚できませんもの」

「そう」と美千子は娘に向き直り、大きくうなずいた。

「わかった？　あなたの考え方は古いのよ。まるでバブル時代の女の人みたい。こーんな大きな肩パッドの入ったジャケット着て、みんな今のあなたみたいなことを言っていたものよ。最近のお嬢さんたちは賢くなっているというのに、あなたときたら」と娘に向かって思わず説教口調になった。

「もちろんこのご時世だから、そうなれない女の子の方がずっと多いんですよね。でも沙哉子さんの周りには、いくらでも経済力のある男性がいるんでしょ」

調子に乗ってよしみが続ける。

事実だが、「経済力のある男性」とはいささか品がない。もう少し別の言い回しがありそうなものだと、美千子は思う。

「まだやりたいことがたくさんあるから」

沙哉子は客たちの手前、遠慮がちな物言いをした。これが二人のときなら、「だからママはママで自分の満足がいくように生きてれば？　自分の人生なんだから」などと平然と言い放つ。

援軍のいる心強さから、この日は美千子も後には引かない。

「女の人でもね、ケイ・ミズマさんは、特別なの。すごい才能を持って生まれてこられた方なのよ」

まったくそんなことは思っていないが。

「あなたにも多少は才能はあるけれど、あなたはケイさんのような天才じゃないわ。ケイさんはあなたくらいの歳には有名なデザイナーに認められていたんですもの。普通の女の人はね、ちゃんと結婚して子育てしながら、その上で才能を伸ばして好きなことをするのが一番。女の人が、腕一本で食べていくなんて、それはそれはたいへんなことなの。それができるのはケイさんのような選ばれた特別な人なの」

口元を引き結び、沙哉子は助けを求めるように、ケイ・ミズマの方を振り返った。

「お母さんが言う通りよ」

静かにミズマは断じた。少し意外だった。形ばかりの謙遜（けんそん）と娘への励ましの言葉が出るだろうと予想していた。

「あなたも」と冷静なまっすぐな視線を沙哉子に向けた。「あのブランドで何年も広報担当やってるからわかると思うけど、アートも日常的なモノ作りも、商業的な妥協の産物だってこと。そうでなければ流通することはおろか、実際の形にすることも難しいの。才能のままに好きなものを作りたいとなれば、パトロン見つけるしかないけど、今時、非現実的な話よね。そのへん考えたら、結婚して奥さんになるのが一番」

一同は大きくうなずいた。

一呼吸置いて、ケイ・ミズマは続けた。

「つまり稼ぎのある男をみつけて妻という名目で寝るか、あるいはコンシューマーの通俗的な趣味と寝るか。そんな選択になるわけね」

その場の空気が凍りついた。豊子がかっと目を見開き、口元をもぐもぐさせた。

しかし次の瞬間、凍り付いた部屋の片隅が、奇妙な格好で溶け出した。

「お昼のお酒って効くわね」

そう言ったのは、頬を薄く染めていたよしみではなく、怒りに燃えた目を大きく見開いていた豊子の方だった。

「ええ……」

美千子も反論の言葉が浮かばない。屈辱感も怒りもとろとろと平坦に溶けていく。

頭が働かない。

目眩がした。

眠い。

ふらふらと志摩子が食卓を離れソファの方に行く。豊子が椅子を降り、臼のような腰をどっかりと絨毯の上に下ろし、テーブルの脚に寄りかかるが、ずるずると体が横倒しになった。

よしみが「ちょっと洗面所借ります」と言ったものの、行き着く前に、倒れそうになり、ミズマに支えられてソファに横になる。

「どうしたの、いったい？」

沙哉子の悲鳴が聞こえる。

「ママ、ママ、お料理に、何を入れたのよ？」

肩を摑んで揺すられる。

何も入れるはずはない。

「ちょっと、１１９番しましょう」というミズマの声が聞こえた瞬間、正気が戻ってきた。

「やめてください。昼から女が集まって酒を飲んで倒れたなんて、そんなみっともないこと……絶対にやめてください。何ともありませんから、眠いだけなんですから」

それだけ言ったつもりだった。手首を握って脈を取られたのがわかった。数秒後には全身は白い霧に呑み込まれ、深い穴に落ちていった。

首を絞められ、浴槽に沈められる夢を見て目が覚めた。

ふうっと息をついて首筋の汗をぬぐう。

えっ、と思った。

裸だ。いや、一糸まとわぬ姿ではない。ネックレスを付けている。1カラットの石と、0・4カラットの小粒の石が、無数についている、長さ八十七センチのロングネックレスだった。とんでもなく重いそれが三重、四重に首に巻き付いている。

ネックレスに首を絞められ眠りこけていた体の下にあるのは……。

自分の刺繍したソファのカバーではない。

服だ。

そんなばかな……。

様々な色、様々な材質の布の洪水の中に体が沈み、裸体にダイヤのネックレスをつけただけの姿でおぼれかけている。

黒のカシミヤシルク混紡のフレアラインのコート、裾にくさりを縫いつけてある本物のシャネルスーツ、ロング丈のアフタヌーンドレスはネイビーのシルクサテン。ラベンダー色のショールはフランス製の手編みレース。

何が何だかわからない。

洋服の下には……積み重なり、乱れて絡みあった着物と帯。

家の中を整えるのと、作品を作るのと、生徒を教えるので、いつも忙しいから洋装で過ごしているけれど、着物は好き。もちろん一人で着付けられるし、着物の立ち居振る舞いも心得ている。

腰の下にのぞいている鴇色の縮緬を体をずらせてひっぱり出した。

和服とは思えないイスラム風唐草模様は、そう、あの大物女優が舞台挨拶で着ていたもの。

手にからみついてきたねっとりした絹の感触は、広げてみれば鮮やかな水色の地に波を描いた古典柄。

なんて見事な手描き友禅と刺繍。これは……成人式に幼なじみの聡子が着ていたものだった。母が京都で染めさせた、正倉院文様の私の振り袖も高価なものだったけれど、彼女の着ていた振り袖の、水色の綸子に流れるような水色と白の刺繍の、すてきだったこと。

それが今、なぜかここにある。無造作に体の下に敷いて寝ている。今更振り袖など着られないけれど、こうして自分のものにして。

戸惑いとともに歓喜が突き上げてくる。金糸銀糸の様々な技法で刺繍された黒留め袖の図柄は、確か能衣装から取った秋草。

その下から出てくるのは、夢にまで見た辻が花染め。

首に巻き付いたネックレスを両手で肌から浮かしてみる。石の重みがずしりと手に伝わる。

そう、あれは夫に黙って、銀座の宝石店で小さなダイヤのイヤリングを買った日のことだった。通りに向けてはショーウィンドー一つない殺風景なビルに足を踏み入れると、内部は博物館のようで、ガラスケースの中には、石もデザインも上質な目もくらむようなアクセサリーが陳列されていた。

　中でもすばらしい輝きを放っていたのは、このネックレスだった。蜘蛛の巣のように繊細な模様を描いて、黒いヴェルヴェットの上に置かれていた。いったいどうなっているのかしら、とその細工を眺めていると、そちらお気に入りですか？　と店員が背後から尋ねた。

　日本語の上手な、白人男性だった。

「いえ。すてきなので見ていただけですのよ。おかまいなく」

　買えるはずはない。値札は、一、十、百……。新橋あたりに通勤している普通のサラリーマンが、三十年ローンを組んで買うマンションと同じ値段だった。

「どうぞ、ゆっくりご覧になってください」

　白人店員は、完璧な笑みを浮かべ、ケースの鍵を開けるとまばゆいそのネックレスを取り出し、奥の接客コーナーのソファに案内してくれた。

　普通の客には、そんな扱いはしない。母から譲られたアルパカの白いコートと、祖母の形見のケリーバッグのせいで、冷やかしの客だと思われなかったのかもしれない。

　応接テーブルに置かれた黒い台の上に、店員はネックレスを広げた。その先は魔法だった。まるであやとりのように、ダイヤのロングネックレスは形を変えた。ウェーブを描く豪華な三連、ペンダントトップのように先端に大粒ダイヤを下げた二連、とびきり豪華なレース状のチョーカー、小さな金具をひっかけることで小粒のダイヤの連なりが変幻自在に形を変えていく。

「あなたの指先から新しいデザインが無限に生まれますよ」

　店員は微笑んだ。

　魅入られた。

よしみの指にあった三連の組み合わせリングなんて比較にもならない豪奢な、遊び心にあふれたダイヤのネックレス。

結局、そこにあったごく小さなピンクダイヤのイヤリングでお茶を濁した。本当につましい買い物と感じたのは、マンション一戸分のアクセサリーを見たあとだったから、と気がついたのは家に戻ってからだった。

主人は、決して妻の買い物をいちいち咎める人じゃない。けれど一度も、主人の前では着けていない。

今、私の首から胸にかけて三重にまかれているのは、紛れもないあのネックレス。ひねって留め付けて、胸元で華麗に姿を変える。

そしてこのシルクサテンとカシミヤとシフォンと友禅と縮緬の海。あこがれの辻が花まで。このすべてが今、私の物。抱き、抱かれ、色彩と輝きにまみれて沈んでいく。

目眩がする。布の洪水が引いていく。

このネックレスだけは離したくない。ずしりと重く冷たい石の連なりを握りしめる。けれどそれも掌の中に溶けて……溶けて……このごそごそした手触りは何？

夢から目覚めた夢、から目覚めた。

悲鳴を上げた。

なんてこと、お客様をほったらかしにして。

大丈夫。みんな眠っている。テーブルの下で大の字になった豊子、ソファから半分ずり落ちているよしみ。美千子の首に載っているのは、よしみの足首だった。

そしてよしみの頭を蹴飛ばして、いびきをかいている志摩子。

娘の沙哉子だけが、呆れたような表情で女たちの寝姿を見下ろしていた。

くちゃくちゃと音がする。ごくんと喉の鳴る音。

よしみの瘦けた頰が、空気を咀嚼する。血管の浮き出た細い首の筋肉と骨が、ごくりごくりと上下運動している。

スモーキーピンクの口紅のはげかけた口が大きく開く。ふたたび空気をぱくり、とほおばり咀嚼する。

「よしみさん、よしみさん」

肩に手をかけて揺すった。

「いやよ、なぜ持っていってしまうの」

よしみが金切り声を上げる。

「それ、私のチョコミントチーズタルト。フロマージュブランも私の。うそ、テーブルごとなくなるなんて。お願い持っていかないで」

はっとしたように目を開けた。

「私……」

シェイプアップされた真っ平らな腹が、ひくひくと痙攣している。

「夢を見ていたの？」

「ええ」

呆然とした顔でよしみが、かぶりをふる。

「生クリームたっぷりのテリーヌ、フォアグラのソテー、ピンク色の霜降りローストビーフ、発酵バターのたっぷりのった田舎風白パン、伊勢エビのアメリカンソーススパゲッティ、ニューヨークチーズケーキ、ミルク、イチゴ、ビターの三種類のチョコレートファウンテン、それからチョコレート細工のクリスマスツリー」

「それとチョコミントチーズタルトとフロマージュブラン」

「そうそう、フロマージュブランには蜂蜜がたっぷりかかっていて……」

まだ夢から覚めきらないらしく、恍惚とした目をして舌なめずりする。

志摩子のいびきがとまった。

のぞき込むと上気した頬を涙が伝っている。

次の瞬間、ぱっちりと涙に濡れた目を開いた。

「あなたは悲しい夢だったのね」

「いえ……」

数秒間の沈黙があった。

「夢だったのね、あれは」と心底悲しそうにつぶやく。

「主人が、君はすばらしいって。僕が業績を上げられたのは君のサポートがあったから、娘が二人とも良い子に育っているのは、君がちゃんとやってくれたから。君の女性としての偏差値は日本一だって」

「はあ？」

よしみが眉を大げさに寄せて首を傾げる。

ところでもう一人の女が、この場にいたはずだ。

室内を見回す。

「ケイさんなら帰ったよ」

沙哉子が答えた。

「あれをお料理しちゃったんだね、お母さん。お土産にもらった赤い実を」

あっ、とよしみが声を上げる。

「あのドライトマト……ワインのそばにあった、あれ。チキンの詰め物、ナポリ風のソースに」

「あれ、ドライトマトなんかじゃないですよ」

無愛想に沙哉子が告げた。

「えっ、じゃあ、何？」

「クレージーエッグプラントとか」

「クレージー、ですって」

美千子は悲鳴を上げた。

「ひどい、なんてこと、あの人、人の家に麻薬なんか持ってきて」

「麻薬なんかじゃないよ。クレージーソルトとか、普通にあるじゃない」

「だってみんな幻覚を」

「幻覚なんかじゃないって。寝てただけじゃない。普通のお茶請け。でもお酒と一緒に食べるとすぐ寝てしまって、夢を見るの。だからお酒と一緒に食べないでって、言ってたじゃない、あの人」

確かにそんなことを言われた気もする。

「まったくお母さんって、人の言うことぜんぜん聞いてないよね」

「ナチュラルドラッグだったのね、キノコ？　それともサボテン？」

興味津々といった顔でよしみが尋ねる。

「違います。クレージーエッグプラントですよ。ナスです、ナス。でもトマトはナス科だから、同じようなものじゃないですか？」

「でも、どうしてナスやトマトが」

「チョウセンアサガオ、ハシリドコロ、ベラドンナ……みんなナス科ですよ」

薬学部卒業の志摩子だけが、無言でうなずいた。

「でも悪い夢じゃなかったんじゃない？　いえ、悪いどころかすばらしい夢を見るから、間違えてお酒と一緒にたべても平気って、ケイさんは言ってた」

「すばらしい夢？」

中年女たちは三人一緒に声を上げ、顔を見合わせる。

「自分の真の欲望が現れて、それが実現するんですって。それまで無自覚だったり抑圧したりしていた真の欲望。それが夢の中で実現することで自分の心の底に下りて行かれるって、ケイさんは言ってた」

「確かにその通りよ」

開き直ったようによしみが高笑いした。

「きれいになりたかったのよ、私は。女友達からは、彼女には決して勝てない、と言わせたかった。主人以外の男性からは、なんてセクシーな女性だと賞賛されたかった。あの細いウエストを見ろよ？　あの細い足首はどうだい？　と。年下の男の子からは、年齢不詳のすてきな人と思われたかった。でももっともっと深いところでは、食べたかったの。おいしいものをお腹いっぱい。一切れ七百キロカロリーのザッハトルテ、自分の肝臓がフォアグラになりそうなフォアグラのソテー、脂の塊みたいな神戸牛のステーキ。でもできるわけないじゃない。ぶよぶよの中年女なんて、自分がそんな生き物になるなんて、許せない」

「よしみさん」

美千子は厳しい声で制した。幸いなことに、足下ではまだ豊子が寝息を立てている。

「でも、至福の瞬間を味わえた。おかげさまで」

がさつな仕草でバッグを引き寄せると、よしみはそこから茶色の小瓶を取り出し、毒消しでも服用するかのようにごくりと呑み込んだ。パッケージには「プラセンタエキス」と書いてある。

志摩子は、困惑したように、うつむいている。

胸がつまった。

よしみにくらべてこの人の欲望は、なんて悲しいのだろう。優秀な女性が、そのプライドもそれまで学んだことも地に埋めて、家事育児に専念して生きてきた二十数年。それがどれほど立派なこと、苦労の多いことであっても、だれも褒めてくれない。みんなあたりまえだと思っている。子供に愛情を注ぐことは喜びだけれど、人間はマリア様にはなれない。認めて、褒めてと願っている。せめて夫にだけでも。なんと慎ましく、切実な望みなのだろう。

「あなたの生き方は正しいわ。それはきっとあなたの願望なんかじゃなくて、みんな思っていても口に出さないことを夢が教えてくれたのよ、ね、そうでしょ」と沙哉子を振り返った。

「知らない」

接客モードを離れた娘は、どうでもいいというように、冷蔵庫から冷えた麦茶を出して、喉を鳴らして飲む。

豊子が足下で呻いた。

ようやく彼女も目覚める。

いやいやするように、首を動かしている。

しかし目覚めない。

そういえば彼女だけは、あの赤い干し果実の入った料理をお代わりしたのだ。

両腕が動いた。何かをかわいがるように自分の胸の上を上下させた。

どこの子供を抱いているのだろう。キスするように唇が突き出される。

ほらほら、おばあちゃまのところにいらっしゃい。そんな風に語りかけているのだろうか。彼女の長男は結婚が決まった。孫を抱ける日も近い。明日あたり生まれてしまっても、今の時代ではおかしくない。

脇にひざまずいた志摩子が、静かにその肩を揺する。

「あ……ん……」

眉間に皺が寄り、口元が半開きになった。

胸をかき抱くような動作は激しさを増した。

「えっ」と志摩子が膝をついたまま後ずさる。

「高坂さん」

確かにそう言った。

「待ちました。十二年、いつかはこんな……ようやく……このまま死んでも」

どっしりした腰が激しく上下する。

あんぐり口を開いてのぞき込んでいたよしみが、下を向いてくすくすわらい出す。志摩子は気まずそうに立ち上がり離れる。沙哉子だけが平然とした顔で、携帯メールをのぞいている。

真の欲望とは、彼女にとってはすなわちこういうことなのか。

失望に心が冷え、頭痛がしてきた。

では私は何なの、と考え、慄然とした。

なぜ？　と叫びだしたくなった。

真の願いは家族の幸せで、真の欲望はすばらしい作品を作り出すこと。ではなかったのか？

ほんの少しばかり後ろめたい欲望があるとすれば、本当の恋をしてみたい、あくまでプラトニックに。

あけすけで品性を疑われそうな欲望といっても、せいぜいがヨン様の毛深い太もも。

シルクサテンとシフォンとカシミヤと友禅と辻が花とダイヤ、そんなものどもと交わっていた。

それが私の人生が作り出した真の欲望だというの？

ダイエット地獄で見る餓鬼道でもない、親族の夫への邪な肉欲でさえない。美意識以前の物欲。

「お母さん」

沙哉子が、携帯電話のディスプレーから顔を上げた。

「ケイさんがメールで、夢から目覚めた後の注意を送ってよこした。『たとえ夢の中であっても欲望が満たされたのだから満足してください。目覚めたら気持ちよく、すっきり現実に戻ってください。もう一度、なんて考えないこと』だって」

だれがそんなことを考えるものかと舌打ちする。そのとたん、不意打ちのように、布の中でおぼれダイヤモンドに首を絞められる、あの光景が、あの肌触りが、生々しく蘇ってきた。

体の奥が熱くとろけ、ひくひくと痙攣し、つぎの瞬間、腰から下の力が抜けた。

蒼猫のいる家

1

玄関ポーチの広々とした階段を上り、木製ドアの鍵穴に手探りで鍵を差し込み、回す。暗がりでドアの鍵を開けることにもう慣れてしまった。家族のだれも起きてはこないし、それどころか玄関灯さえ点けておいてはくれない。左手に下げたソフト・アタッシェとスーツケースが急に重くなった。

この家は、私ぬきで回っている……。

こうして帰ってくるとき、いつもそう思う。

タクシーの下り際に時計を見ると、十二時二十分を指していた。飛行機が成田に到着したのが六時、いったん会社に寄ってから逗子(ずし)にある自宅まで辿り着くと、この時刻になっている。もっとも残業の多い職場ということもあって、通常でも帰りは深夜になるのではあるが。

夫は朝の八時には家を出、義母は孫娘に朝食を食べさせて学校へ送り出さなければならないから、家族はそうそう遅くまで起きているわけにはいかない。そうした事情は、一週間のヨーロッパ出張からエリカが戻ったこのときも同様だった。

自分はこの家の客だ。帰宅するたびにそんな思いに捉えられる。

ドアを開く。不愉快な空気が皮膚の上を撫でていくような気がした。においとも、生暖かい空気の感触とも言い難い、ある種の獣の気配。

まさか、と立ちすくむ。照明のスイッチを手探りで探しながら、暗闇に目を凝らす。

視野にそれが入ってきた瞬間、エリカは悲鳴を上げた。

青白い目が二つ、闇に浮かんでいる。ガラス窓から漏れ入ってくる庭園灯の淡い光に、エジプトの彫像のような、すらりとした猫のシルエットが浮かび上がっている。

震えながら後ずさったところに、小走りの足音とともに、義母が顔を出した。

「あら、玄関に出ちゃだめって言ったでしょ」

義母は、猫をさっと抱きかかえ、自分の部屋に閉じこめると、何事もなかったように寝巻の前を合わせながら、「お帰りなさい。疲れたでしょう。夜食、食べるなら鯛茶漬け（たいちゃづ）の用意、してありますよ」と台所を指差す。

二階から夫が下りてきた。

「どうしたんだ、すごい悲鳴を上げて」

「いったい、どういうことですか」

スーツケースとソフト・アタッシェをその場に投げ出し、エリカは震える声で言った。

「しかたないでしょ、真理子が公園で拾ってきたんだから」

義母は、息子に目くばせすると、「それじゃ、明日、真理子の運動会で早いから」と、自分の部屋に引っ込んでしまった。

運動会？　とエリカは小さな声で夫に尋ねた。うん、と夫は呑気（のんき）な調子でうなずく。

明日が娘の運動会だとはつゆ知らなかった。もちろん弁当を作ってやるのも、応援に行くのも義母なのだから、自分が知っていてもしかたないと、この家族には思われているのだろうか。それにしても、なぜこともあろうに、猫なのだろう。

休日や深夜、たまたま顔を合わせた娘から「ねえ、ママ、猫、飼っていい？」と、今まで何度となく尋ねられてはいた。そのたびに、「だめ。それだけはやめて」とエリカは首を横に振り続けてきた。

プレイステーション買っていい？　ジージャン欲しい。友達と一緒にお菓子の教室に行っていい？　スイミング、やめていい？

一人娘のたいていの願いは聞き入れてきた。しかし猫だけは別だ。

「嫌よ、絶対、嫌」

エリカは金切り声を上げて夫に訴えた。

「ちょっと、エリカさん」と義母が再び、自分の部屋から出てきた。

気が付くと真理子がパジャマ姿で階段の中途まで下りてきて、凍ったように母親の様子を凝視している。

「なぜ、たかが猫一匹でそんなに大騒ぎするの」

義母が呆れたように言った。

「あなたに世話しろなんて言いませんよ。私が面倒みます」

私が面倒みます。あなたに関係ないわ。つまりそういうことなのよね、とエリカは心の中でつぶやき義母と夫を見やる。

頻繁な海外出張やイベントの運営、接待などで家を空けることが多いエリカを、家族が支えてくれている。

家事一切を取り仕切り、今年で十二になる娘に対し祖母ではなく母のように接して育ててくれた義母、子煩悩な夫。

真理子を産んだのは確かに自分だ。しかし娘は、母親が寝顔しか見ないうちにすくすくと育っていた。代議士をしていた義父は夫の学生時代に亡くなっており、母一人、子一人の家に嫁いで十三年、義母も夫も、音大卒のキャリアを生かして楽譜と楽器の輸入業務に携わっているエリカが、着実に実績を上げていくのを妨げたりはしなかった。娘の真理子も、寂しがって有能な母を困らせるようなことはしなかった。これ以上ないほどの恵まれた家庭環境だった。

そして気がついてみると、家庭内に自分の居場所がなくなっている。

「いいでしょう。エリカさん」

義母が畳みかけるように言った。

「猫ちゃんは、あなたたちのいる二階には、決して上げないようにするわ」

「でも、一階を勝手に歩き回っているなら、同じじゃありませんか。つまり私に、この家に出入りするなっていうことですか？」

風邪をひいたように鼻声になった。ストレスを感じるとエリカの鼻は詰まってしまうのだ。

この猫に侵入を許したら、そのときこそ自分の居場所が完全になくなる。そんな気がした。

自分が排除されている、と最初に意識したのはいつのことだったろうか。義母も夫も表立ってはそんなそぶりはまったく見せずに、嫁であり妻であり、真理子の母親である自分を、家族から単なる客におとしめようとしている……。

あれは昨年の夏、エリカがドイツまでパイプオルガンの発注に行っている間のことだった。

娘が交通事故に遭ったのだが、出張中のエリカには、夫からも姑からも何の連絡もなかった。二週間の出張を終えて帰国したとき、娘の様子に変わったところはなく、エリカは何も知らずに、姑と夫と娘のそれぞれに空港の免税店で買った土産を渡した。

事故のことを知ったのは、それから一ヵ月もしてからのことだ。

たまたま領収書などを入れている引き出しを開けたところ大学病院の診療明細書が出てきたのだ。

頭を打った娘は、三日間、検査入院していた。

「知らせたところで、シュトゥットガルトにいる君に何かできるわけでもなし、無事だったのだから別にいいじゃないか」

夫はこともなげに言った。

「私は、真理子の母親なのよ」とエリカが声を荒らげても、冷めた顔で、肩をすくめただけだ。何かできるわけでもなし、というのが当たっているだけに、なおさら怒りが収まらなかった。

残業を終えて深夜に帰宅すると、部屋の模様替えがしてあるということも頻繁にあった。

気がついたときには、祖母、父、娘という血縁で閉じた家庭が完成し、一分の隙も矛盾もなく、平和に運営されていた。

自分の入る余地も必要もないそんな家に、一週間の出張を終えて帰ってきてみれば、さらにあれほど嫌っていた猫が入ってきて居座っている。

「捨ててきてください」

エリカは叫んだ。

「それがだめなら、だれか飼ってくれる人を他にみつけて」

夫にそう言ったとき、娘と目があった。

来年中学に入る娘は、冷えさびた視線を無言のまま母親に向けていた。

エリカは娘に近付き、その両手を握った。

「ね、わかってちょうだい。世の中には猫の好きな人もいるけど、嫌いな人もいるの」

「引っ掻いたり、悪いことしたりしないように育てるから、飼っちゃだめ？」

冷めた視線のまま娘は母を見上げている。エリカは激しくかぶりを振った。

「ママにとっては、猫がいるっていうのは、蛇と一緒に暮らすようなものなのよ。歩いているのを見ただけでも気持ち悪いの。毛に触ることもできないの」

事実だった。エリカの生まれ育った家に、動物はいなかった。だからということでもないのだろうが、子猫も子犬も可愛いと思ったことがない。

嚙まれた、引っ掻かれたという記憶があるために「恐い」のではない。不快なのだ。「気持ちが悪い」という言葉以外では言い表わせない嫌悪感を覚えるのだ。

そんな生き物が家の外にいるならともかく、自分の生活している畳の上を歩き回るなどというのは考えられない。

「エリカさん」

義母があらたまった口調で言った。

「あなた、ずっと好きなように生きてきたわね。私たち、あなたの能力もあなたの仕事の意義も十分わかっているから、あなたが何をしても反対しなかったし、できる限り協力してきたわ。それに比べたら、真理子の願いなんて、ほんとうに小さなことだと思わない？　たかが猫一匹、そんなささやかな願いなのよ」

義父が生きていた頃には、捨て猫がいると放っておけなくて片端から拾ってきては、内猫七匹、外猫十数匹の面倒を見ていたという義母のことだ。猫一匹飼いたい、などという孫の望みは、ささやかなものに映るだろう。動く尻尾を目にしただけで肌が粟立つような猫嫌いの人間の感性など理解できるはずもない。

黙っているエリカに向かい、義母はさらに諭すように続けた。

「小さな生き物を慈しむことから、人への思いやりも、人間としての情緒も育っていくのよ。そんなことさえ、あなた、許さないっていうの？」

それでは私の情緒に欠陥があるとでもいうんですか、という言葉をエリカは飲み込む。

「母親がそばにいないで育ってしまった真理子の淋しさを、あなた、考えてやったことがあって」

「つまり私の愛情が足りないから、猫で埋め合わせをしろってことなんですか」

息が苦しくなって語尾が震えた。

「だれもそんなこと言ってないでしょ。それはそれでしかたないことなんだから。いまさら、あなたに母親らしくしろなんていいませんよ、私は。でも、こんなに真理子が飼いたがってるんだから……」

義母が言いかけたとき、わずかに開いた襖の隙間からするりと子猫が頭を出し、ゆっくりこちらにやってくるのが見えた。

エリカは悲鳴を上げた。義母が慌てて猫を抱き上げ部屋に入り、ぴしゃりと襖を閉めた。動悸を押さえながら、娘の方を振り返る。

「どうして、猫なんか拾ってくるのよ、あなたも。ママが嫌いだっていうのを知っているでしょうに」

「え」と娘は不思議そうな顔で、父親を見上げる。

夫は気まずそうな顔をした。

「つまり……真理子の去年の誕生日に、今年はだめだが、来年になったら必ず猫を買ってやるって約束して、それでペットショップに予約入れて、今日……」

真理子が公園で拾ってきてしまった、というのは義母の口から出まかせだった。

一年前に約束して、その後店に予約を入れ、今日来たというわけだ。

自分の意志など完全に無視されたまま、また一連の事が運んでいた。

「そういうことだったのね」

押し殺した口調で言いながら、エリカはスーツケースを手に階段を上る。

夜の空気が猫臭い。好きな人間にとっては気にならないどころか、好ましいにおいだろうが、エリカの嗅覚は鋭敏に反応し粘膜がふくれ上がりますます鼻が詰まってきた。

沈黙していた娘が不意に言った。

「でも真理子、ママから、プレゼント、もらってないよね。おめでとうとも言われてないよね」

はっとして振り返る。

静かな視線で、娘は母親を見上げた。

忘れていた。今日が娘の誕生日だったとは、まったく失念していた。

返す言葉もなくエリカは娘をベッドに戻す。

それからその隣の自室に入り、ドアをしめて化粧を落とし始めた。

学生時代に友達の紹介で知り合い結婚した夫は、自分の母親との同居と引き替えに、妻の希望のほとんどを叶えてくれた。

　長期の海外研修も、頻繁な出張も、深夜に及ぶ接待も、所在を明らかにしておくという条件ですべて認めてくれた。エリカが文句を言わせなかったという方が当たっているかもしれないが。

　しかし残業が続き、会社の近くにウィークリーマンションを借りたい、とエリカが言い出したときだけは、夫はひどくうろたえ、その理由を執拗（しつよう）に尋ねた。東京・逗子間の遠距離通勤が、たとえ帰りにタクシーを使ったにせよ、たいへんな肉体的、精神的負担になるということをいくら説明しても、納得しなかった。それではせめてビジネスホテルに泊まりたいと言っても、許さなかった。

「なぜ、外泊までしなければならない？　本当の理由は何だ」という問いを繰り返すのみで、何度か言い争った後は、その話題になると、聞こえないふりをするようになった。

　展示会やイベントの準備で、深夜まで打ち合せや接待があり、翌日は早朝から会議が入っているときでも、エリカはタクシーで二時間以上もかけて逗子にある自宅に帰り、ほんの二、三時間仮眠を取っただけですぐに出勤しなければならなかった。

　実家から近いという理由で、県庁に就職した夫には所詮（しょせん）、遠距離通勤者の苦痛はわからないのだろう、とエリカは諦めた。

　そして今回、猫だけは嫌、という、本人にとってはあまりに切実な願いも聞き入れられなかった。

　真面目で、女関係のトラブルなど一度も起こしたことのない夫だった。妻以外の女など、関心の外にあるような夫にとって、娘の真理子は妻以上の存在だったに違いない。

　そして「たかが猫」であった。シルバーグレーの柔らかな毛並みの、子猫の時代をいくらか過ぎかけた、たいていの人間にとっては可愛いと感じられる生き物。最愛の娘が欲しいと言えば、妻の拒否など配慮のうちに入らなくなるのかもしれない。

しかしエリカにとっては、自分の生活空間に猫がいるということは、そこに心理的にも物理的にも居場所を失うことだ。

たとえ一階に閉じこめたとしても、風呂場や玄関、食堂は一階にある。

自分はこの家に出入りもできなければ、風呂にも入れず、家族と食事もできない。

ひとつ屋根の下に住んでいれば、歩き回っている猫とどこかで出くわす。その度に背筋の凍る思いを味わうのだろうか。

それに自分のいない間、真理子にせがまれれば、夫は猫を二階に上げるかもしれない。二階の居間の絨毯の上に猫の毛がふわふわと舞っている様を想像すると、二の腕にびっしりと鳥肌が立った。

かりに義母の部屋以外には決して出さなくても、においは家中に漂う。猫臭い家で安らぐことなどどうしてできようか。

それでは今まで、自分はこの家で安らいでいただろうか？

ふと思った。

余計者として、ベッドを一つ借りて眠りにつき、再び仕事に戻る。それだけのためにここにいるのではないのか……。

翌日の朝遅く起きたときには、夫も娘もいなかった。気まずい思いで義母と向かい合ってコーヒーを飲んだだけで、エリカは逃げるように家を後にした。

この日は横須賀線で東京駅に出て、会社に寄らずに千葉の東金（とうがね）にある弦楽器製作者の工房に直行することになっていた。

エリカの勤めている楽器販売会社アポロでは、販売だけでなく楽器の修理や調整もしており、そうした業務はそれぞれの楽器専門の職人に委託している。

東金にある工房もそうした委託先のひとつだが、ここの主人である桐生（きりゅう）善次はブローカーのようなこともしていた。

出物の楽器があると桐生はアポロの担当者に打診してくる。そんなとき現物を見にいき、場合によっては値段の交渉などをするのはエリカの仕事だ。

この日も、たまたまイタリアで見つけたオールド楽器を修理したものがあるのだが、アポロで買わないか、と桐生が言ってきたのだった。

昼過ぎに工房に着いたが、桐生はいない。

七年前からここにいる、顔馴染みの内弟子が出てきて、桐生は急用で出掛けてしまったのだが、まもなく戻るので少しだけ待っていてくれるように、と恐縮しながら告げた。

福原というこの内弟子は、工房の隅にある椅子をエリカにすすめ、奥からお茶をいれてきた。

椅子に腰を下ろしたエリカは、作業台でヴァイオリンの弓の毛替えを始めた福原の背中を見るともなく見ていた。

天窓から降り注ぐ光とニスと乾いた木の匂いに包まれるようにして座っていると、約束した相手に待たされているというのに、不思議と気分が和らいでくる。

Tシャツと作業ズボンの上に、デニムの前掛を付けた福原は、使い古してひっかかりのなくなった毛を鋏（はさみ）で切って弓から外し、新しい毛を付ける。束ねた毛の一方を弓の先端に留めつけ、櫛（くし）

で梳きながら元にもってきて、毛の流れや緩み具合を微妙に調節して、反対側も留める。流れるように一連の作業を素早くこなしていく老練な桐生に対して、福原の背には一分の狂いもなく仕事を仕上げようとする緊張感がみなぎっている。

毛の先端を強く押さえているしなやかな指先、弓の元部分に金具を打ち込むとき、腕にあらわれるたくましい筋肉の盛り上がり。

心が騒ぐ。高校の頃、バスケットボールをしている男子生徒の姿に感じた奇妙にプリミティブなときめきだ。

弓の頭のねじを回して、何度か毛に触れて出来上がりを確認した福原は、エリカを振り返り、怪訝な表情をした。

「何か？」

「いえ……別に」

うろたえながらエリカは首を振った。

福原は、照れたように笑った。彫りが深過ぎて険しい表情に見えがちな福原の顔は、微笑すると光がともったように甘く優しげなものに変わる。

福原は地方の国立大学の工学部を卒業した後、いったん大手自動車メーカーに就職している。しかし音楽好きが高じてそこを半年で辞め、桐生の許に押し掛け、無理やり弟子入りしてしまった。工房の掃除はもちろんのこと、妻に先立たれた師の家政婦代わりをつとめながら、一つ一つ技術を習得していった。そんな苦労話を以前、聞いたことがある。エリカよりも七つ年下で三十になったばかりだというのに、何ともいえない大人の落ち着きのようなものが感じられるのは、そんな経験のせいかもしれない。

一仕事終えた福原は、吊してあったヴァイオリンの一つを持ってきてエリカに見せた。普通のヴァイオリンに比べるとやや膨らみが薄く、撫で肩気味にできている。バロックヴァイオリンだ。

「これは？」

「僕が作ったんです」

弟子入りして七年、福原はすでに数挺のヴァイオリンを作っていた。とはいえそうした楽器が流通ルートに乗ることはなく、彼は自分の製作した楽器をつてのあるヴァイオリン教師のところに持ち込み、彼の紹介でアマチュアの生徒に売っていた。

「それにしても、どうしてバロックヴァイオリンなんですか？」

福原は微笑んだ。

「古楽を演奏する方が、いいバロックヴァイオリンが日本では手に入らないと、ぼやいていたもので。それなら僕が、と思いましてね」

普通のヴァイオリンよりも歴史の古いバロックヴァイオリンが、現在、手に入りにくいのは事実だ。高価なオールド楽器については、ストラディヴァリウスなどに比べても製作年代が古くすでに寿命がきていて使いものにならず、かと言って新たに作ろうにも、製作技術の継承が途絶えているので、復元はむずかしい。それでもバッハやヴィヴァルディなどはオリジナル楽器で弾きたいという演奏家は多い。

エリカは楽器を受け取って肩と顎の間に挟んでみた。音大時代の専攻は楽理だったので、これといって得意な楽器はない。その代わりピアノからエレキギター、サキソフォンや弦ベースといったものまで、たいていの楽器は、格好がつく程度に弾ける。

そのときヴァイオリンを構えたエリカの背に腕を回すようにして、福原が指板を自分の指で押さえた。頬に吐息が感じられた。はっとしたのと、切なく痛みを伴うような欲望が体を貫いたのは同時だった。

不意に工房の電話が鳴った。

「先生からです」と福原が出てコードレスホンをエリカに渡した。

桐生は遅れたことを謝罪しながら、用事が終わったので五分以内に戻ると知らせてきたのだった。

電話を終えたエリカから、コードレスホンを受け取りかけた福原の手が、触れるともなくエリカの指に触れた。そのとき福原が早口で言った。ささやくような声だった。

「来月の十七日、先生が若い連中を引き連れて軽井沢の音楽祭に行くので、ここ、僕だけになってしまうんですよ」

はっとして、エリカは福原の顔を見上げた。

「日曜日で申しわけないんですが、もし興味があれば、いくつか楽器を見ていただきたいので……。やはり先生がいると、なんとなく気まずいもので」

楽器販売会社の社員であるエリカに、自分の製作した試作品が売物になるかどうか見て欲しいのか、それとも別の目的があるのか。半信半疑のままエリカは、「わかりました」とことさら事務的に答えていた。

2

闇の中でエリカは自宅のドアの鍵穴を探している。いつもの疲れやいらだちはなかった。体の芯に火照りが残っている。

この日、日曜日であるにもかかわらずエリカが家を空けても、夫も義母も不審がったりはしなかった。

残業はもちろん、休日出勤もあたりまえの仕事のことで、「日曜なのに、どうして出掛けるの？」という質問はすでにない。逗子の家には、深夜になるとやってきて、朝、帰っていくアポロという会社の社員がいる。それだけだ。

午後遅く、工房に着いたエリカを、福原はいつものデニムの前掛に作業ズボンではなく、ボタンダウンのシャツにチノパンというこざっぱりした格好で待っていた。

自作のバロックヴァイオリンやヴィオラ・ダ・ガンバといった古楽用の楽器を作業台に並べ、福原はいずれ自分の楽器が今のようにアマチュアの練習用ではなく、プロによってコンサートで弾かれるようになってほしい、と夢を語った。

楽器製作などという仕事は、その技術と労力に比して極端に儲けが少ない。利益を上げるにはブローカーがいちばんであるし、経済的安定と労働効率ということを考えるなら、演奏家の楽器のメンテナンスを引き受けるほうがいい。二、三年も桐生のような製作者の許で修業すれば嫌でもわかってくることだ。

そんな状況の中でも消えることのない福原の物造りと音楽への情熱に、エリカは心を引かれた。サラリーマンとして、自分自身と母親と子供を守ることだけに汲々としている夫と無意識に比べている。

この人は、きっといい製作者になるだろう、とエリカは福原のふしくれだった手をまぶしい思いでみつめていた。いい製作者であることが、高収入や高い社会的地位を保証することなどまったくないという現実を知っているだけに、余計にその姿は清々しく見えた。

エリカの視線の行方に気づいたのか、福原はふと自分の手に視線を落として苦笑した。

「棘が入って、抜けなくて」

「抜いてあげるわ。毛抜き、ある？」

エリカは両手でそのてのひらに触れ、息を飲んだ。大きなたくましい手はニスや松脂で汚れ、棘だけではなく、荒れていくつもの傷があった。

「こういう仕事してるとね」

そう答えながら、福原はエリカの手首を素早く握りしめた。

次の瞬間、自分の体が福原に引き寄せられるのを、エリカはさほどの驚きも戸惑いもなくごく自然のことのように受けとめていた。

工房を出たのは、夜の十時過ぎだった。福原の運転するバンに乗せられ、エリカは東京駅まで送られた。ロータリーで客待ちしているタクシーに急かされるように車を下り、小さく右手を上げて別れた。

横須賀線に乗って自宅に帰りついたときには、いつもの時間になっていた。玄関灯がついていないことも、鍵がかかっていることも、いつもと同じだった。

しかしこの日に限って、ドアを開けたとたんに玄関に明かりがついた。

エリカは瞬きして、後ずさった。上がりかまちに夫が立っていた。その後ろに義母がいる。

足が震えた。

いつもと変わらぬ時間に、いつもと変わらずソフト・アタッシェケースを下げて戻ってきた。

それなのにこの家の人々は、まるで見張っていたかのように、この日エリカが初めて犯した罪らしきものを嗅ぎつけている。

何をうろたえているのか、とエリカは自分自身に言い聞かせた。愛していた。自分が巡り合い、結ばれるべき人が彼だった。そうでなければ、彼の胸の中に、あのような安らぎを得られるはずはない。

この家で自分の居場所がないのは、何か間違いがあって本来結ばれるべきではない人と結婚してしまったからだ。何を隠す必要があろうか、罪悪感を抱く必要があろうか。これは浮気などとは違うのだから……。

エリカは無言のまま、夫をみつめた。

「お帰り」

夫は力なく言った。そのとき自分のハイヒールの爪先に光るものが見えた。白っぽい陶片だ。

「あら、まだ落ちていたの。きれいに掃いたつもりだったけれど」

義母が眉をひそめた。ふと下駄箱の上を見ると、今朝までそこにあったものがない。義父が郷里の支持者から贈られたという萩焼の壺だ。

ひょんなことから妻の行状を知って逆上した夫が、父親の形見の高価な壺を玄関に叩きつけたのか。

そのとき義母が苦笑しながら言った。

「まあ、猫のしたことだから」

「は？」

自分の想像していた事態とは何か違う。

夫は険しい表情で母親を一瞥（いちべつ）する。

「早く上がりなさいな。突っ立ってないで」

首を傾げているエリカに、義母が促した。

「ひと暴れ、したんですよ。ツヨシが」

義母が早口で説明した。ツヨシとは、真理子が猫につけた名前だ。義母によると、この夜、猫はしきりに外に出たがったという。しかし戸締まりしなければならないので、出してやるわけにはいかず、そのまま放っておいたのだが、夜中を過ぎてもあまりにうるさいので義母は起きてきた。


廊下の明かりをつけたとたん、猫は興奮したように階段の手摺りと下駄箱、そして上がりかまちのあたりをジャンプしたらしい。

「まあ、三メートルも飛び上がって、あなた、あんな活発な猫、見たこともありませんよ」と義母は首を振る。

猫は後足で壺を蹴り、玄関のたたきに落として粉々にしたらしい。

「活発じゃすまないよ」と夫は憮然としてパジャマの袖をまくった。

そこには爪の跡が三筋ついて、血が滴っている。

狂ったように飛び回る猫に夫は「何を興奮してるんだ、こっちに来い」と呼びかけたのだが、そのとたんに、飛び掛かってきたのだという。

「まあ、人間で言えば、高校生くらいですからね。難しい年ごろよ。あなただって、そうだったでしょ。さんざんお母さんを泣かせて」と義母は夫を見て笑う。

きまずい顔で夫は横を向いた。

この日の自分の行動が発覚したわけではなかった。拍子抜けした。猫の深夜のいたずらの後始末のために、夫と義母は起きていたのだった。

猫がやってきてから、すでに一ヵ月が経っている。エリカの心がこの家からますます遠退いていくに従い、猫は確実にこの家に居つき、成長している。

二日ばかり前、出がけに見かけたときには、シルバーグレーの毛はいくぶん色調が変わっていた。蒼を帯びた艶やかな灰色の毛をした猫は、奇妙に背が高くなり、耳が伸びていた。すらりとした四肢、長くしなやかな尾、ほっそりしているが精悍な肩。ますますエジプトの彫像に似てきた。

「だからペットショップなんかで猫を買うなって言ったんだよ。知り合いのところで生まれたのをもらってくればいいものを。血統書つきの猫なんかかえって不自然なんだよ」

夫は不機嫌に義母に言い、階段を登り始める。

「私が欲しがったわけじゃありませんよ。あなたと真理子がペットショップに行って決めてきたことでしょ」

義母が階下から、夫の背に向かい、甲高い声で叫んだ。

どんな猫だろうと、それがどんな悪さをしようと、エリカには関心がなかった。重要なのは、この日、彼女が安らぎの場所を見つけだしたということだけだった。

夫の後について二階に上がったエリカは、寝ている真理子を起こさないようにそっと隣の部屋に入る。棚にあるファイルボックスから自社製品のカタログを取り出すと、夫は呆れたように小さく肩をすくめて寝室に入っていった。

カタログの弦楽器のページを開いてみる。

アポロで扱うヴァイオリン族の楽器は、子供や素人のレッスン用である大量生産品か、最低でも百万以上はする名のある製作者の作品やヨーロッパのオールド楽器で、その中間はない。さらに値の張る名器となると、買い手が限られているために、一般客を対象としたアポロのような店で扱うことはなくなる。

福原の製作した楽器は工場で作られる普及品でもなければ、それなりの信用を得て百万以上の値のつく品でもない。アポロで扱える可能性はなく、エリカが福原にしてやれることは何もない。そんなことは百も承知の上で福原が自分を誘ってくれたことに、彼の熱い思いを感じた。企業人として生きてきた十五年の間に、とうに忘れてしまった利害関係を考慮に入れない人との交わりや、青春の頃、心を騒がせたみずみずしい感情が戻ってきたような気がする。

同時に青春の頃のように、相手から頻繁に電話のあることを無意識に期待していた。

しかし携帯電話の番号を教えておいたにもかかわらず、翌日も、その翌日も連絡はなかった。留守番電話のメッセージも入っていない。メールアドレスを知っているはずなのに、メールも入らない。あの日曜日のことは内弟子として、経済的にも精神的にも厳しい生活を強いられている福原の単なる息抜きだったのではないか、と不信の思いが急速に膨れ上がってきた。

翌週の日曜日、遅く起きたエリカが階下に下りていったとき、家族は朝食を終えていた。オーク材のダイニングテーブルには、目玉焼とサラダの載った皿が一つぽつりと残っていた。そして食堂の入り口にある廊下の隅にも一つ、こちらもやはり皿に入った猫の餌が、食べた形跡もなくそのままある。

ソファでは夫が新聞を読んでいる。

間仕切りのないリビングルームでは、真理子と義母が猫を呼んでいる。エリカの座っている食卓から丸見えのところに猫がいた。

それだけで気分が悪くなった。

いったん手にしたフォークを下ろして、二階に立ち去ろうとしたそのとき、何かその場のふんいきがおかしいのに気づいた。

「ツヨシ、ツヨシ、こっちおいで」と真理子が手を伸ばしたとたん、猫はびくりと体を震わせて、飛びのいた。

「無理に抱っこしようとしても、だめよ。猫はプライドが高いし、飼い慣らされるのは嫌いなんだから」

義母は猫に笑顔を向け、干物のようなものを手にしてひらひらさせた。猫は用心深く近づいていく。そしてその手の中の餌を取り食べ始めた。もっと、というように義母に寄っていく。義母はその耳の付け根あたりに指を伸ばし、軽くなでてやろうとした。次の瞬間、しなやかな動作で猫はその背を低くし、しわだらけの指から逃れていった。そのまま数秒後には彼らの手の届かない場所に撤退し、そそくさとどこかに姿を消した。

義母が振り返って、エリカを一瞥した。

「やっぱり猫嫌いの人がいるのが、わかるのね」

エリカは憤然として、視線を義母の顔から逸らせた。

「でも、おばあちゃま、ツヨシ、ぜんぜんご飯食べないね」と真理子が、廊下にある餌入れを指差す。

「人が見てると食べない猫がいるのよ。そのうち、目の前で食べるようになるわ。愛情をかけてやれば、抱っこさせてくれるようになるだろうし」

真理子は首を横に振った。

「だって、さっき見たら、ツヨシ、鳥を捕まえて食べてたよ」

「野性の血が残ってるってことだから、悪いことじゃないのよ。そういうときは『だめ』って教えてあげればいいの。大人になればおとなしいいい猫になるわよ。今は悪さする盛りなの」

少し間を置いてから、義母はぽつりと付け加えた。

「だいじょうぶ。動物は裏切らないから」

自分に対する当て擦りだろうか、とエリカは思った。それとも彼女は過去に、義父に手酷く裏切られたことでもあるのだろうか。

そのとき甲高い電子音が遠くで鳴っているのに気づいた。

耳鳴りのような微かな音だ。待ちわびた音だった。日曜日のこの時間にかかってくる携帯電話は会社からではない。

慌てて二階の自分の部屋に行こうとして階段に足をかけ、悲鳴を上げた。踊り場に猫がいた。まるでそこが自分のテリトリーであることを宣言するかのようにその場に座り込み、エリカを見下ろしている。携帯の呼び出し音は鳴り続けている。エリカは凍りついたように立ちすくんだが、恐怖と嫌悪は呼び出し音を聞いているうちに怒りに変わった。足音も荒く階段を上がり、踊り場にいるものを「これはただの物だ」と自分に言い聞かせ、跨いだ。

ようやく二階に上がったとき電話は切れていた。しかしメッセージが残っていた。期待通り福原からだった。午後から空くので会えないかという内容だった。

人だって、裏切らない、とエリカは携帯電話を握りしめた。

その日、猫を絶対に二階に上げないで、と夫に念を押してエリカは家を出た。二階にはエリカ

修理委託先のひとつに、福原を加えるなどということも、桐生との関係があるのでできない。何よりそんな権限はエリカにはない。

「会心の作って、ある？」

　エリカが尋ねると、福原は微笑した。

「この前、見せた、あれ。ここ一年の、僕のすべてをかけた。材料費の限界って確かにあるけど、僕は桐生さんのお陰で、トップクラスの演奏家の楽器をいじらせてもらうチャンスがあったから、グァルネリとかストラディヴァリみたいな楽器がどうして鳴るのか、感覚的に摑（つか）める。銘器のコピーなんてもちろんできるはずはないけど、材料の木、たとえば松なら松、楓（かえで）なら楓の訴えかけてくる声は聞ける。技術なんてある程度までいけば、そこそこの物が作れるんだけど、その木が一番鳴ってくれる楽器の声を聞くのは難しい。なんというのか、あれを作るときはずっと鳴っていたんだよ、木がね」

　福原の製作にかける熱意と作品への信念を、単なる自惚（うぬぼ）れと見て退けるか、可能性としてその将来にかけるかは、楽器販売に携わる者の見識というよりは、個人的な感情に関わる問題ではあった。

　客観的に見た福原のバロックヴァイオリンは、弾きやすさという点はともかくとして、音色についてはイタリアやフランスの名のある工房の物とは比べものにならない。桐生が修理や調整の合間に、昔、作っていた楽器に比べても、数段劣る。それは材料費の限界によるものでもあり、若い福原の技術の問題でもあった。

　しかし日本やドイツの大メーカーで作られる普及品に比べれば、丁寧に作られた分だけ、いい鳴り方をする。だからといって展示会の限られたスペースに日本を代表する製作者の楽器として置かれるようなものではない。それでも展示会への出品候補者リストに福原の名前を紛れ込ませることはできる。そこまでエリカの権限でできても、そこから福原の楽器が選ばれることはまずないだろう。

それではどうしたらいいのか？　いい案は浮かばなかった。同時に、福原を成功させるために動こうとしている自分自身に危惧した。女として、恋人として、この先も扱われたければ、そうしたことをしてはならない、という恋の鉄則は、理屈の上ではわかっていた。

にもかかわらず、それから展示会が開催されるまでの二ヵ月の間に、エリカは奔走した。頻繁に福原と連絡を取り合い、会った。会うための理由は、その気になればいくらでも見つけだすことができた。

もはや家庭内での自分の存在がいくら希薄になろうと、猫が家族の中心になろうと、エリカはどうでもよかった。

展示会の準備のために、連日、明け方間際に帰宅するエリカの目に触れないように、義母も夫も猫を遠ざけており、ドアを開けた瞬間、さすがににおいは気になるが、姿を見ることはなかった。

3

二ヵ月後、明治期に建てられたという博物館を思わせる建物のボールルームに、福原のヴァイオリンは展示された。

バロックヴァイオリンという希少性にエリカは着目したのだ。それまで工房や製作者ごとに区切っていた展示会場から、リュートやヴィオラ・ダ・ガンバといった古楽器のコーナーを独立させることをエリカは企画会議で提案した。一時のブームは去ったにせよ、熱心な古楽ファンは健在であり、その案はすんなり通った。

そして福原のバロックヴァイオリンを、その古楽器コーナーに紛れ込ませた。古楽器という括りをしてしまえば、モダンヴァイオリンの製作者としての看板を掲げた桐生への気兼ねをしないで済むし、バロックヴァイオリン自体がほとんど作られていない事情があり、福原の作品でも出品は可能だ。一方でそうしたコーナーに置かれたために、少なくとも古楽マニアの間で、福原の名前は認知されることになるだろう。

週末をはさんで丸一週間行なわれた展示会が無事、終了した二日後、福原からの手紙が逗子の家に届いた。

すでに夫と真理子は家を出た後で、郵便受けから白い洋封筒を取り出したエリカは、はやる気持ちを押さえかねて、玄関で封を切った。

拝啓から始まり、「まずはお礼まで」で結ばれる丁寧な礼状だった。丁寧すぎて、背後に義母が立っていても、少しも慌てずにすんだくらい他人行儀な内容だった。おそらく家族に開封されることも予想して、そうした内容にしたのだろう。

手紙を封筒に戻して二階に上がりかけたとき、一メートル足らずのところに猫がいることに気づいた。エリカはもう悲鳴を上げなかった。この家に猫がいる、という事実を受け入れつつあった。それは自分が、この家における家族としての地位を失っていくことと一対の関係にある。

猫がいるという事実は受け入れても、断じてその生き物を可愛いと感じることはできない。その毛色は以前よりさらに蒼みを増し、背丈は高くなっている。アーモンド型の目は中央に寄り、ガラスのような淡い緑色の底に、冷ややかな光をたたえていた。

悲鳴を上げる代わりに、エリカは猫を無視することにした。

「へんね」

そのとき義母が首を傾げた。

「なぜあなたには、こんなに近寄るのかしら？」

「え？」

「頭も撫でさせてくれない。抱っこもさせてくれない。目の前で餌も食べてくれないし、それどころか私たちのそばに寄ってもこないのよ。こんなに可愛がっているのに。それなのに、猫が嫌いなあなたのそばには行くのね」

「やめてくださいよ」とエリカは不機嫌に言った。実際のところ、猫の素振りは、義母の言うように、「そばに行く」という親しげなものではない。こちらが無視を決め込むように、向こうもまるでエリカという人間など、その場に存在しないかのようにふるまって避けたりしない、というだけのことだった。


丁寧な礼状をよこしたのを最後に、福原からの連絡はふっつりと途絶えた。自分は利用されただけなのか、という疑念を、慌てて打ち消す。忙しいのかもしれない。あるいは家庭のある女といつまでも付き合っていてはいけない、と自分を戒めているのかもしれない。

肝心のヴァイオリンはまだ福原には返していないのだ。

海外からの出品も多いため、展示品はいったんアポロのスタッフが回収し、確認作業を終えた後に、持ち主に返却することになっていた。展示会が終わったとき、その場に福原がいたのだから返すこともできたのだが、そうせずに回収してしまったのは、もしやこれきりになってしまうのではないか、という不安とも予感ともつかないものが、心をよぎったからでもあった。

ヴァイオリンを預かっている限り、このまま関係が自然消滅することはありえないはずだった。展示会が無事に終了し、ヨーロッパもバカンスシーズンに入るこの時期、エリカたちの仕事は一時、暇になる。仕事は定時で終わり、季節が夏にかかっていることもあり、まだ陽が高いうちにスタッフはオフィスを出る。

礼状が届いて一週間後、仕事を終えたエリカは福原に電話をして、ヴァイオリンを返したい旨を伝えた。

福原は礼を述べた後、近いうちに桐生の代わりに会社の方に修理済みの楽器を届けに行くので、そのときに返してくれればいい、と丁寧な口調で言った。

「私、もう仕事が終わったので、どこかで会える?」

ためらいながら、尋ねる。

福原は、しばらく沈黙した後、「このところ気候が悪いせいか、修理の仕事が殺到して身動き取れないんですよ」と答えた。

電話を切った後、萎えた気持ちを引き立てて帰宅した。

満員の横須賀線に揺られて、まだ明るい車窓の風景に目をやりながら、憂鬱な気分で、家族で囲む食卓の様を思い浮かべる。

学校であったことを楽しげな口調で話す真理子、その話に耳を傾け、ときどき相づちを打つ夫、孫の話に友達のように付き合い、ときに口論までする義母。しかしエリカは微笑してうなずいていることしかできない。ときどき発する言葉は「え、だれ? それ」か「待って、それって何のことなの？」という質問だけだ。たまにやってくる客に過ぎない母には、娘の話の前提がわからない。

電車とバスを乗り継ぎ、二時間半かけて自宅に辿りついたとき、エリカはドアを開けると同時に流れてくるダシの香りを想像した。しかし流れてきたのは、猫のにおいだけだった。

家は静まり返っている。

義母が顔を出した。

「あら、帰ってきたの」

顔を見るなり言われたその言葉に、エリカは傷ついた。

「今夜は、みんなでデニーズに行くつもりだったのよ」

みんなという言葉に、自分は含まれていない。そのまま二階の自室にこもっては角が立つので、

「めずらしく残業がなくて」と答えて、階下の居間にいったん入った。

テーブルの前に座ったエリカに向かい、義母は右手をさすりながら「炊事ができないのよ、ツヨシにやられて」と眉を寄せた。

「あら、そうですか」

気のない返事をする。そう言えばと、以前、夫が腕に三本の引っ掻き傷をつけていたことを思い出した。今度は、義母の方らしい。

何気なくテーブルクロスに目をやる。厚い木綿のクロスの上から、透けるような薄手のシフォンをかけているのは義母の趣味だ。その二重になったクロスの垂れた部分に、花模様とは異なる色が見える。そっとシフォンをめくり上げ、エリカは、ひっと悲鳴を上げた。

血だ。おびただしい血が、生乾きのままクロスを汚している。

「お母さま、これ」

立ち上がり、エリカはそれを指差した。

「あら、やだ」

義母は慌てて、テーブルの上の物を退かし、汚れたクロスを外す。ぎくしゃくした不自然な動作だ。エリカも手を貸す。

「ツヨシが変な歩き方をしていたんで、もしかして具合でも悪いんじゃないかしらと思って、こっちおいでって、ちょっと捕まえたの。そしたらいきなり飛び掛かってきて」とクロスを丸めながら、義母は眉間に皺を寄せる。

「それじゃ、この血は……」

義母はブラウスの袖をまくりあげ、エリカに見せた。手首から肘にかけて、分厚く包帯が巻かれていた。

「牙が深く入ったらしくて、すごく血が出たのよ。床だけは雑巾で拭いたんだけど、こんなところまで汚していたなんて気がつかなかったわ」

エリカは思わず両手で口を覆った。義母の怪我に同情したわけではない。出血の様を想像して気分が悪くなったのだ。

「で、ツヨシはどうされるんですか？」

エリカは尋ねた。かすかな笑みが口元に浮かんできそうになったのをこらえた。

「どうもしませんよ」と義母は、キャットフードの缶を取り出し、左手で缶切りを操る。「私、開けます」とエリカが言うと、缶と缶切りを渡しながら義母は小さくため息をついた。

「相手は動物だから。どんなのが来たって、最後まで飼わなきゃね。しかたないわ」

それから義母はうなじをそらせ、毅然（きぜん）とした口調で付け加えた。

「心配しないでね。あなたに迷惑はかけないから」

その夜、エリカを加えた一家は、近所にあるファミリーレストランに行ったが話題は猫のことに終始した。

夫は「あの猫は、ちょっとおかしい。ペットショップなどから買うべきではなかったのだ」と前回と同じことを繰り返し、妻との間に入った亀裂もこたえているのか、「そもそも猫など飼わなければよかった」などと愚痴めいた言葉も口にする。それでも捨ててしまえとか、保健所に持っていけという話にならないのが、エリカには不思議だ。

真理子は「愛情をこめて育てていれば、そのうちきっとなついてくる」という義母の言葉を信じ、それに希望をつないでいる。

「相手は生き物だもの、思い通りにはならないわよ」と義母は、左手に持ったフォーク一本で食事をしながらため息をつき、小さな声で付け加えた。

「自分の息子だって、思い通りにはならないんだから」

義母は、夫が以前に付き合っていた、別の女の方を気に入っていたという事を、エリカは結婚してから知った。保母であったその女と夫との付き合いは、高校時代から八年半にも及び、十分に飽きていたところにエリカが現われたのだ。

過去に縛られる形でこれからの長い人生を不本意な相手とともに過ごしていくのは、自分に対しても相手に対しても不誠実だ、と夫は主張し、このときばかりは母の説得にも耳を貸さなかったらしい。

この家に入ってくれた大事なお嫁さんだから大切にする、と義母は口では言っているが、所詮は意にそわぬ結婚であったのだ。

だからどういうこともない。猫の問題も自分には関係ない。そら見たことか、と飼猫にひっかかれた義母をせせら笑うような品性の下劣さを、エリカは持ち合わせていない。いつもと同じように、「家族」の話題に口を挟むこともなく、エリカはときおり相づちを打ちながら聞き役に回る。

包帯を巻いた右手を撫でていた義母は、料理にほとんど手をつけないうちに、洗面所に立った。しばらくして戻ってきたときには、青ざめた額に汗を浮かべていた。

「だいじょうぶだから、あなたたちは食べてて」と言うが、どうも様子がおかしい。

食事もそこそこにエリカたちはレストランを出て、近所の医院に向かった。

診断は、咬傷から細菌が入って炎症を起こし、そのために全身症状を起こしているというものだった。包帯を解いてみると、手首から腕の付け根まで真っ赤に腫れ上がっていた。それきり、丸四日、義母は起き上ることとさえままならなかった。

その間、原則として猫の世話は夫と真理子がすることになった。

エリカも一度だけ餌をやった。缶詰を開けて容器に移すだけの作業だった。餌は所定の位置に置いておけば、そのうち無くなっている。

容器を床に置き、スリッパの爪先で廊下の隅に押しつけたそのとき、ふと振り返ってみると、義母にも夫にも、滅多に近づかないはずの猫が、一メートル足らずのところにいる。それはさらに距離を縮めてくる。そのまま平然とエリカの足元を行き過ぎ、エリカの見ている前で餌を食べ始めた。

4

その週の終わりに、ようやく福原から電話がかかってきた。ただしエリカの携帯電話にではなく、会社の電話にだった。

「その節はありがとうございました。お陰さまで、先日初めて注文が私宛に入りまして」という口調は、手紙同様に丁寧で、よそよそしかった。

用件は、週明けの午後、会社に出向くので、そのときに楽器を返してもらいたいということだった。

「あいにく、その日は、私、一日外に出ているんですよ」

とっさにエリカは答えた。

「そうですか。それではどなたか別の方に預けておいてくれればいいですから」

福原はこともなげに言った。エリカとの個人的な関係に終止符を打とうとしているのは明らかだった。

「承知いたしました」

呻吟(しんぎん)しながら、エリカは他人行儀な口調で答えた。

いくら考えても、福原に何か要求した覚えはない。ただ安らぐ場所が欲しかっただけだ。仕事を終えて疲れて帰っても、家には居場所がなかった。自分に戻れる場所が、福原のそばにはあった。それが福原には重荷に感じられたのか。それとも単に飽きたのか。あるいは最初から利用するつもりしかなかったのか。苦い後悔の思いだけが胸底に淀んでいる。

その日、エリカは預かった楽器を同じ部署の人間に預けることはせずに、自分の個人用ロッカーに入れ、そのまま取引先に向かった。

会社に戻ったところに、福原から再び電話があった。

「ごめんなさい。バタバタしてて、あなたの楽器のことを言っていくのを忘れちゃって」という言い訳が嘘であることは、福原もわかったようだ。

「いいえ、それはかまいません」と答えた口調が強ばっていた。

一呼吸置いて、エリカは言った。

「どこかでお目にかかって渡しましょう。そう、東京駅の丸ノ内口はいかがですか」

わずかの沈黙の後、福原はことさら快活な口調で答えた。

「わかりました。伺わせていただきます。それで、いつ頃ならご都合はよろしいでしょうか」

「次の日曜日。夕方五時」と、他の社員に聞こえないようにエリカは小さな声で言った。


六日後、福原のヴァイオリンを手にしたエリカは、いつになく念入りに化粧をして家を出た。せめて最後は美しい印象を残して消え、次回、再び桐生の工房を訪れたときには、何事もなかったかのようにふるまうつもりだった。

自分自身の心に終止符を打ちたい。そんな思いと裏腹に、福原の気持ちが離れたというのは自分の思い過ごしで、今日会えば、彼は少しも変わらぬ情熱を持って接してくれるかもしれないという淡い期待もあった。

自宅の門を出て二、三歩、行きかけたとき、ふと背中に視線を感じて振り返った。目が合った。蒼猫が、陽光に瞳を刃のように細くして、エリカを見上げている。

不思議な思いで、エリカはそのペリドットのような色の目を凝視し、猫も視線を逸らさなかった。

東京駅で電車を下りたとき、わずかに時間の余裕があった。洗面所で化粧を直してから待ち合わせ場所に着いたとき、福原の姿はそこになかった。かわりに見覚えのある若者が小走りで近づいてきた。

桐生の工房にいる通いのアシスタントだ。

「申し訳ありません。福原に至急の仕事が入って手が離せないもので、かわりに僕が来ました」

しばらくの間、エリカは髪を後ろひとつにまとめた、二十歳そこそこくらいの若者の顔をみつめていた。

答えは出た。福原は、関係をしめくくることも終止符を打つ儀式も拒否してきた。いや、わざわざ別れるような関係があったということ自体を否定したのだ。

そうはいくものか、とエリカは、ハードケースの取っ手を握りしめた。

展示会に無理やり福原の「作品」を紛れ込ませたことで、自分が何を失ったのか、あらためて意識した。会社にも客にもさほどの目利きなどいないから、展示に値しない楽器を展示させたところで、実害はなかった。それでも福原の楽器の信用を得るために、社員としての自分の信用を傷つけたのは間違いない。

「あの……」

目の前の青年は、困惑したような顔でエリカの前につったっている。

「ああ……ごめんなさい」

エリカは首を振った。

「私、間違えて、別の方からお預かりした楽器を持ってきてしまったんですよ。どうしたらいいかしら」

若者は、人の良さそうな笑顔を見せた。

「あ、いいんですよ。僕なんかもときどき似たようなことやって大目玉食らったりしてますから。福原にはそう伝えておきます」

屈託のない笑い声を残して若者は去っていった。


それからどんな行動を取ったのか、よく覚えてはいない。ただぼんやりと地下街を歩き回った。二時間もした頃、携帯に電話がかかってきた。

会うまで返してくれないと悟ったのだろう。押し殺したような口調で福原が言う。

「今、仕事が終わりましたので伺いますが、どちらの方に？」

最初に待ち合わせた場所に居る、と答える。

「それでは九時過ぎになりますが」

約束の時刻に三十分近く遅れて現われた福原は、まっすぐにエリカの方にやってきた。街路灯に照らされた顔には、ひどく倦(う)んだ表情が見えた。

「僕にどうしてほしいんですか？」

会うなり、福原はエリカの手にあるヴァイオリンケースを見ながら、真顔で尋ねた。

「来て、何かしろとおっしゃるなら、従います。ただ、僕は金がないので、こちらからお誘いすることは、もうできませんが」

目眩(めまい)がした。

そばにいてくれるだけでいい、などという甘い言い回しを拒否する言葉だった。ヴァイオリンを返してもらうための、露骨とも率直ともとれる条件提示だ。

何も考えられないまま、エリカは止まっているタクシーに向かって走り出した。車に乗り込み、ドアが閉まる直前、福原が何か叫びながらこちらに走り寄ってくるのが見えた。未練を断ち切るようにドライバーに行き先を告げる。このまま逗子に戻れるくらいの金は持っていた。

膝の上にヴァイオリンケースがあることに気付いたのは、しばらく行ってからのことだった。

そのときになって彼が慌てて追ってきたのは、ヴァイオリンを持ち帰ってしまったからで、自分を追ってきたわけではないと知った。

家に戻ったときには、夜の十一時を回っていた。

玄関灯が消され鍵がかかっているのは、普段とかわりない。暗やみで鍵を開け、二階に上がる。自分の部屋でヴァイオリンをケースから取り出した。福原のそばで過ごした、幸福で安らかな時間がよみがえり、次には屈辱感の黒々とした煙の中に沈んでいく。

そのとき、階段を登ってくる軽やかな足音が聞こえた。

八分休符を挟んだ軽い二連符。人の足音ではない。はっとしてヴァイオリンを机の上に置き立ち上がった。

ドアの隙間から、体をくねらせるようにして猫が入ってきた。追い払う気力もなく、エリカはその場に立ち尽くしていた。蛍光灯の下でブルーグレーの毛並みは、一層蒼みを増している。

猫でも足音を立てることがあるのだと、初めて知った。もはやこの家の中にはこの猫にとって、警戒に値する物など何もないということなのか？

猫は無遠慮に近づいてきた。そしてエリカの足元で止まると、首を伸ばすようにして二つの淡緑色の目でエリカを見上げた。攻撃の気配はない。

全身から力が抜けた。エリカはその場にぺたりと腰をついた。

猫は、エリカの爪先から微妙な距離を置いて座り込んだ。そのまま静かに遠くを見ている。冷えきった爪先に獣の体温を感じる。

ふと、妙な感じがした。安らかだった。あんなことがあって、家に戻ってきたというのに、不思議と安らかな気分になっている。静か過ぎる。家全体が静まり返っている。

恐る恐る隣の寝室のドアを開ける。廊下の明かりがベッドを照らし出していたが、夫はそこにいなかった。娘の部屋を見たが、娘もいない。

階下に下りた。

義母の部屋をノックする。返事がない。勝手に開けてみた。義母もいない。

だれもいなかった。

そのとき電話が鳴った。受話器を取り上げる。

「あ、エリカさん」

義母だった。

「今、病院」

「どうなさったんですか？」と尋ねた後、病人が義母なら、本人が電話してくるはずはないと気づいた。

「真理子が火傷したの」

「すぐ行きます、どこの病院ですか？」

そう叫ぶと、義母は落ち着いた口調で答えた。

「いいのよ。もう終わったから。私たちは、まもなく帰るから心配しないでいいわ」

「どこですか？」といらだってもう一度尋ねると、近所の救急病院の名を言った。

「いいのよ。あなたが来ても、もう何もすることはないから」

最後まで聞かずに、受話器を置いた。家を飛び出すとちょうどタクシーが通りかかった。歩いても大した距離ではないが、躊躇することなく乗り込む。

病院に着くと、娘は病棟の個室にいた。左の腕に白く包帯が巻かれている。

「お湯をかぶってしまったのよ」

義母が説明した。

「腰から足にかけてがひどいから、一応、二、三日入院して、様子を見るの」

夫はエリカが病室に入ってくるのを一瞥したきり、何も言わない。

眉間に皺を寄せて目を閉じた真理子の顔を見守っている。

「スパゲッティを茹(ゆ)でていたら、猫が、普段は人のそばになんかぜんぜん寄って来ないっていうのに、いきなり近づいてきて、椅子と食器棚の間を飛び回り始めたのよ。それで真理子が止めようとして手を伸ばしたの。そうしたら片手鍋の把手を思いっきり蹴って飛び上がって……」

煮え湯の入った鍋をひっくり返して、そばにいた真理子に大火傷を負わせたのだった。

エリカは言葉を失った。

「狂ってるんだ、あの猫は」

夫が身震いしてつぶやいた。

真理子が目を開いた。

「マリ」とエリカは娘の頬に手を伸ばした。

そのとき背後から腕をつかまれた。

「触るな」

ささやくように夫が言った。

「えっ」と振り返ると、冷ややかな眼差しで夫は繰り返した。

「君は娘に触るな」

「ちょっと、どういう……」

「真理子、どこか痛い？」

すかさず義母がベッドの脇に屈んだ。

腕をつかまれて、エリカは廊下に連れ出された。

「ちょっと、ふざけないで。あなたやお母さまが何を言おうと、真理子は私の娘よ」

「だから病院に運び込んで、すぐ連絡した。しかし君は、会社にも、本店にもいなかった。携帯も通じない」

夫は冷静な口調で言った。

「楽器の修理屋に電話をかけたら、そこの主人が出て、弟子の一人が君に呼び出されて出掛けていったと言う」

「そうよ。借りた楽器を返すのに来てもらっただけよ」

震える声でエリカは言った。何もなかった。後ろめたいことは何もしていない。この日に限っては。

「知ってるよ。どこで何をしていたか、興信所からの報告はとうに上がってきている」

「興信所？」

エリカは、口を開けたまま、夫の顔を眺めた。

「あなた、興信所に、私のことを調べさせたの？」

「もちろん母や真理子には何も言ってない。この二、三年、君の様子がおかしいと感じていた。疑心暗鬼でいるよりは、はっきりさせた方がいいと思った」
二、三年前から、疑われるようなことをしていたわけではないわ、という言葉をエリカは飲み込んだ。
「君が何をしていたかはわかったが、僕は自分の胸のうちに収めるつもりだ。今のところ、とにかくこの家はうまくいっているからだ。君が勝手なことをしていても、母はきちんと真理子を育ててくれているし、真理子も真っすぐに育っている。離婚騒ぎを起こせば、真理子の今後に影響する。しかし必要以上に、君は娘には関わらないでほしい。現に、君は娘が病院に運び込まれたときに、どこで何をしているかわからなかった女だ」

エリカは夫の感情の波立ちのない顔をみつめたまま、後ずさった。

「先、帰っていていいよ。僕たちももう少ししたら帰るから」

夫は、優しく冷ややかな調子で言った。

エリカは一人で病院を出た。

興信所に調査されていたとは、想像もしていなかった。

浮気を疑われるほど、夫が自分に関心を持っていたことも意外だった。自分が外で何をしていようが、どうなろうが、逗子の家にいる人々にとってはどうでもいいことだと思い込んでいた。

それにしても自分に直接問いただすこともなく、いきなり興信所に調査を依頼するというのは、いかにも彼らしいとも思う。そして妻の行状を知っての夫の判断も、いかにもこの家の人間にふさわしい。

やはり自分は、逗子の家の客だったと、エリカは確信した。そしてこの家の人が言いたいことは、客なら客の分を守れということだった。

玄関のドアを開けると、闇に目が二つ光っていた。

これが娘に熱湯を浴びせたのか、と思ったが、不思議と憎しみはわいてこない。相手が動物ではしかたないという思いもある。だがそれ以上にはなから愛情がないので、憎しみも抱けないのだ。

無言で見下ろしていると、猫は、ふいっと廊下の暗がりに消えていった。

エリカは荷物をまとめるために、二階に上がっていく。もうこの家にはいられない。

内実はどうあれ、家族であるという前提があれば、家族のふりをして暮らすことはできる。しかし興信所を使うことによって、夫はその建前さえ否定してしまった。

互いのことを知ってしまっても、そ知らぬ顔をして暮らしていくことは可能だ。しかし知ってしまったことを表明して、なお夫婦として家族としての形を取り続けることはできない。

二階の部屋に足を踏み入れた瞬間、赤く艶やかな物が目に飛び込んできた。

福原のヴァイオリンだ。机の上に横に寝かせておいたはずのそれが、床に転がっている。

ヘッドのうず巻きが妙な方向を向いている。

慌てて駆け寄り拾い上げた。ネックは付け根から折れ、駒は倒れ、切れた弦が二本、糸巻きからあさっての方に伸びている。

楽器を裏返して小さく声を上げた。楓の裏板は薪のように割れていた。

振り返ってみたが、犯人はすでに階下に姿を消している。

福原の会心の作。客観的に見れば、せいぜい六十万足らずの価値しかないアマチュア用の商品。蹴ったものか、それとも、遊び道具にして振り回したのか。猫は若い製作者の思い入れのつまった作品をがらくたに変えてしまっていた。

腹の底から笑いがこみ上げてきた。まあ、猫のしたことだから、と姑の口調を真似てつぶやいてみる。

弁償金額を考えながら、エリカはそれをケースに収めた。

さらに身の回りの品や服をスーツケースに詰め、仕事で使う資料やノートパソコンをソフト・アタッシェに入れる。出張が多いので、荷造りは慣れていた。

手続きは後でいいとして、とにかくこの家を出るのが先決だった。

二十分足らずですべてを終え、タクシーを呼んだ。

夫も義母も帰ってくる気配はない。

門の前に横付けされたタクシーのトランクに荷物を入れ、後部座席に乗り込んだ。そのとき開いた車のドアの脇に、目が二つ光っているのが見えた。

「えっ」

戸惑った次の瞬間、猫はしなやかに身を躍らせ、足元に乗ってきた。無意識にエリカは手を伸ばし、猫の胴体に触れる。

柔らかな毛並みを通し、熱いほどの体温が手のひらに感じられた。

猫は素直に抱き上げられ、エリカの隣のシートに身を横たえた。

そのままエリカの腰に自分の尻を押しつけ、耳をピンと立てて虚空を見ている。

「東京駅、丸ノ内口まで」

家を出ても行くところはない。とりあえず今夜はホテルに泊まるつもりだ。ようやく念願のホテル泊まりだ。もう明け方に帰ってきて、早朝に出勤する必要はない。一人きりの部屋で、心ゆくまで眠れる。

ドライバーは猫を乗せたことに気づかぬまま、車を発進させた。

細い路地をのろのろと進んでいくと、向こうからやってくる人影が二つ見えた。夫と義母が寄り添って夜道を歩いてくる。病院から何かしみじみと語りあいながら戻ってきたようだ。

「お大事に」とエリカはその仲睦まじいシルエットに向かい、呼び掛けた。

客は、逗子の家を出る。世話になった礼に、疫病神を一匹連れて。

いつの間にか、蒼猫は体の力を抜き、エリカの腰に身を預けていた。

眠っている。すらりとした四肢をしどけなく投げ出し、街灯に蒼く光る毛並みをゆったりと上下させて。その腹のあたりにエリカは手のひらで触れた。猫は拒否することもなく、眠り続けている。

さてこの猫は、荷物に隠してこっそり客室に連れ込めるか……。

心を溶かすような心地よいぬくもりと鼓動が、皮膚に伝わってきた。

ヒーラー

「残念ながら蟹は冬だけで」

白木のカウンターに突き出しの小鉢を置きながら女将は申し訳なさそうに言った。

「その代わりおいしいお魚、上がってますよ」

サクラブリ、ハゴロモタチウオ、ニジダイ。

女将はいくつかの魚の名前を言った。

正式な和名でもなければ、地域で漁師が呼び慣わしている俗称でもない。料理屋が勝手に付けたものらしい。

「どうせ深海魚だろう」と連れの男が混ぜっ返すと、「まぁ、姿形で嫌わないで、召し上がってみてくださいよ」と女将が色白の頬にえくぼを作った。

蟹の漁期は四月までで、二ヵ月遅かった。

昨年の暮れからこの一帯は地震続きで、梅の便りが聞こえて来る頃にはだいぶ落ち着いたが、なんとはなしに不安で、わざわざ遊びに来ようとは思わなかったのである。

こんなことならもう少し早く腰を上げればよかったか、と邦夫は少しばかり後悔していた。

五月から十月まで旅館や料理屋で供される蟹は、冷凍物となる。代わりに同じ漁場で取れる底魚がなかなかうまいと評判だった。

唐揚げに、霜降り梅肉和え、薄造り、女将の手料理の底魚が次々にカウンターに並ぶ。

元がどんな形をしているのか想像もつかないが、タチウオに似た癖のない上品な白身あり、思いの外脂ののった銀だらに似た風味の物ありで、食べてみると冬場の蟹よりも変化に富んでおり、予想外の美味だ。


満足げな中年男二人の前に、女将は炊き込みご飯とみそ汁と漬け物を出す。これがコースの締めくくりのようだ。


「いやぁ、もう満腹」

傍らで連れの雄平が腹をなでた。

「そう言わず、ぜひ召し上がっていってくださいよ。せっかくここにいらしたんだから」

女将は意味ありげに笑った。

「元気、出ますよ」

「元気出るって、つまりアレかい？」

雄平がにやりとした。

「そ、食べるとカーッて体が熱くなって」

「ほんとかよ、おい。食べるバイアグラか」

店中に響き渡るような声で雄平が言い、「今夜はうるさいのがいないことだし」と邦夫は女将に向かい、小指を立てて見せた。

「そう、鬱なんか一発で吹っ飛んじゃうわよ。何しろ究極の癒し魚なんだから」

女将が煎茶の入った湯飲みをカウンターに置いた。

「なんだよ、その究極の癒し魚っていうのは」

邦夫は尋ねた。

「そういう底魚がいるのよ。海の羽衣(はごろも)って言って」

「海の羽衣？」

「漁師の間では吹き流しって呼んでるけど」

「なんだそれは？」

「だから、こう、やわらかい魚で、鯉のぼりの吹き流しみたいにくにゃくにゃ泳ぐからじゃない？」

「へえ」と邦夫は飯に混じっている魚肉に目をやる。淡く醤油(しょうゆ)の色のついた飯には、細かく刻んだ魚肉の他には針生姜(はりしょうが)や菜の花の漬け物が混ぜてある。口に運ぶと、飲んだ後にはぴったりの軽い風味の一品だ。しかし魚の味はよくわからない。癖はなく、少なくとも精力剤とは思えない。どうということもない白身魚が刻んで入っているだけだ。

「で、これを食うと、体がカァーッと熱くなって、ビンビンなわけだ」

雄平が、再び下品な笑い声を店内に響かせた。

「そ、ビンビン。鬱が吹っ飛ぶの」

女将がえくぼを作って、ウインクした。

から元気で脂ぎった中年男を演じているが、雄平がこのところ土曜日になると心療内科に通っていることを邦夫は知っている。勤めているコンピュータ会社で中高年対象に大規模なリストラが行われており、そのうえ「男の更年期」も重なり強烈な不眠症にかかってしまったのだ。実際のところビンビンどころか安らかな眠りさえない。

男二人は小料理屋を出ると軽く飲み直し、何事もなく温泉ホテルに戻った。そこでマッサージを頼んだ。部屋にやって来たのはマイクロミニの白衣を身につけた、どう見ても本職とは思えぬ若い女性のペアだったが、何事も起こらなかった。

　所詮は観光地の料理屋の女将の口上で、吹き流しだか、海の羽衣だか知らないが、深海魚に回春効果などなかったし、男二人もつまらぬ秘密を共有して、余計なトラブルなど背負い込みたくはなかったのである。


　海を見下ろすリラクゼーションルームのソファで、タオルのターバンを巻いた香織はバスローブの前を合わせる。

「来てよかったわね」

「本当、香織のおかげよ。ご主人の会員権がなかったら、ビジターなんかじゃとてもここは使えないもの」

　隣のリクライニングチェアに仰向けになってデトックスハーブティーを飲んでいた佐知子がストローを口から離してうなずいた。

「いいのよ」

　香織はかぶりを振る。

「確かに主人が会員になってるけど、彼なんかここに来たって楽しめやしないわ。それに主人と一緒にいたって、何も面白くないし。やっぱり女同士よね」

「せっかくの旅行が主人と一緒なんて、冗談じゃないわ」

　佐知子は目の前に広がる湾を隔てた漁港の町を指さした。今朝ほど夫たちをそこの温泉ホテルにおいてきた。タラソテラピーと有名シェフの作るイタリア料理、イタリア人の見目麗しいウェイターたちが売り物の豪華リゾートに夫たちが来たところで、やることは何もない。

まもなくピンクの立襟の白衣を身につけたエステティシャンが彼女たちを呼びにきた。

自動ドアの向こうに入ると海辺の明るさに慣れた目は一瞬闇に閉ざされる。しかし数秒するうちに内部の暗さに慣れてくる。不可思議な音色の電子音楽がゆったりとしたリズムを刻み、磯の匂いが濃く漂っている。天井には細かな電球が星のようにきらめいている。

奥のドアの前で二人は別れた。別々のコースを選んだからだ。

香織はエステティシャンに促され、中に入る。バスローブを脱いで脱衣籠に入れ、紙のパンティ一つになって広々とした浴槽に身を沈める。体がぷかりと浮き、性器がひりひりした。死海の塩を入れた風呂だ。首の回りに空気枕が巻き付けられ浴槽の中央に浮かぶ。

十五分もした頃、再びエステティシャンが現れ、真水のシャワーを浴びるように指示した。さらに別の浴槽に連れていかれた後、別室に通される。ベッドの上に横たわり、全身に緑色の糊状の物を塗られ、ラップにくるまれて蒸された。糊状の物をシャワーで落とせばスタンダードコースは終わりだ。このところ美食三昧がたたって腹が三段になりかけている佐知子はこれに「脂肪撃退キャビテーション」を加え、ダイエットのしすぎで肌のかさつきが気になる香織は「神秘の深層水ゼリー浴」で仕上げるコースを選んだ。

「神秘の深層水ゼリー」とは「深層水に深海の神秘のエキスを加えた物」で、効能としては美肌と心の安定だという。特に更年期とプレ更年期を迎えた香織たち四十代の女性が受けると、まるで二十代のようなみずみずしく艶やかな肌がよみがえるらしい。

料金はこれ一つでタラソテラピーのスタンダードコースと同じだ。しかしそんなことは香織には関係がない。夫の経営するコンサルタント会社は、この不況下でも順調に業績を伸ばしていて、経済的には何一つ不自由も不安もないからだ。

ドアを開けたとたんに、海の匂いが体を包んだ。海草や干し魚のような磯の香ではない。何かもっとどっしりと淀(よど)んだ生々しい匂いだった。

円形の浴槽は直径二メートルくらいだろうか。内部はそれまでの部屋よりさらに暗い。天井にきらめくシャンデリアを映して黒っぽい水がたゆたっている。ゆったりと脈打つような不思議な動きだ。

ゼリー浴は以前に青山にあるエステで体験済みだ。ゼリーにはほど遠い、どろどろとした糊状の液体で、不用意に中に入った香織は危うく足を滑らせ浴槽の底に沈みそうになったものだ。

どうもそれとは違う。そっと爪先を滑り込ませる。ひやりと一瞬冷たく、次にじわりと暖かさが伝わってくる。湯は本当にゼリー状でふるふると肌に吸い付いてくるような不思議な感触だ。黒い石の浴槽はごく浅い。縁に頭を載せて仰向けになる。不意に全身の皮膚にぞわりと快感めいたものが走った。柔らかく湿った、適度に固い無数の舌が、静かに優しくなめ回してくるような感触だ。

そっと手を湯から抜き出してみる。体を沈めていると粘性などまったく感じないが、透明な湯が五本の指の間からしたたり、水面まで蜂蜜のような重さで真珠様の光沢をたたえて糸を引いた。思わず身じろぎする。その拍子に足の間から湯が体内に入った。香織はうめき声をかみ殺した。体の内側が熱くなった。無数の触手が微妙に揺らぎながら粘膜をなで上げる。

男の指先の、どこかしら自慢気で、征服欲らしきものを漂わせる粗雑な動きではない。性の生々しさなどどこにもない、宗教的な法悦があるとしたら、きっとこんな境地に違いないと思われるような、精神と肉体が一つになって溶け出していくような、不思議な快感だった。

天井のシャンデリアの淡い光が闇に溶け、先ほどから鳴っているケーナやグラスハープを模した電子音楽が、体の深部に下りてくる。

「お疲れ様でした」

場違いにてきぱきとしたエステティシャンの声が浴室に響き渡ったとき、香織は一瞬、自分がどこにいるのかわからなかった。

「いかがでございましたか」

エステティシャンは無造作に香織の腕を取りシャワー室に案内する。

「あれは何が入っているの」

まだ陶然としたまま、香織は浴槽を振り返る。

「はい、海の深層水に、深海のエキスをブレンドしたものです」

よどみなくエステティシャンは答えた。

「何だか、すっごい不思議な……」

「はい。生命は海から生まれましたから、深い海の底は私たちのゆりかごのようなものなんです。だから癒されたでしょう」

「ええ……まあ」

シャワーで洗い流した後も、肌がほてっている。鏡で見ると全身に淡く紅が差し、目が潤んでいる。肌はきめ細かくしっとりと水を含んで確かに二十代の頃に戻ったようだった。

「あら、なんか色っぽいわね」

リラクゼーションルームに戻ると、一足早く終わってミネラルウォーターを飲んでいた佐知子が、ぽってりとした唇をOの字に開けた。若返ったというよりは色っぽいという表現が確かにふさわしい。エステに頻繁に通い、銀座のブランドショップの上得意である香織は、女友達からは若い、きれい、と賞賛されるが、恋には縁がない。恋とは無関係の家庭内の性についても、息子を身ごもったときから、十年以上、何もない。

「明日戻ったら、ご主人、燃えちゃうんじゃない」

連れは微笑んだ。

「主人？　やめてよ」

気持ち悪い、と香織は吐き捨てるように付け加える。夫の邦夫が気持ち悪いわけではない。家族である夫と性を交わすというのが、気持ち悪いのだ。

結婚十七年が長いか短いかわからない。しかし学年こそ違うが、付属小学校から数えて三十数年の知り合いだ。佐知子に至っては付属幼稚園からの友達であるし、その夫の雄平もまた付属小学校からの仲間だ。恋愛はともかく、結婚は付属からの持ち上がりの者同士の方がつり合いも取れるし気が楽だ。気が楽ということは男女の要素など何もない、ということだった。夫に褒められるよりは女友達の「まあ、セクシー」という賞賛の方が気持ちいい。

翌朝、女二人はホテルを後にし、タラソテラピーで艶々とした頬を潮風になぶられながら、高速艇で湾を渡り、夫たちの待つ海辺の温泉町に戻った。港にはすでに彼らが車を回して待っていた。

香織が夫の運転する車に乗り込もうとしたとき、「あれ、なに？」と佐知子が、岸壁に広げられた漁網を指差した。

「こいつだよ、くそ」

近づいてみると漁師が怒鳴っている。

を取り出した。

「ったく、しょうがねぇ」

夫たちもやってきて網をのぞき込む。魚がかかっているが、どれも様子がおかしい。頭はあるが体はひからびている。いや、海から上がったばかりだからひからびているはずはないが、ぺたりと骨に皮がはりついているだけなのだ。そのとき魚の死骸が動いた。漁師が手を突っ込み何かを取り出した。

ぐにゃりとした赤紫色のウツボだ。佐知子が悲鳴を上げて後ずさった。

ウツボを摑んだ漁師の手から水が流れ出す。いや、流れてはいない。粘性の物がどろりと糸を引き、地面まで垂れ下がる。その粘液ごと漁師は手にしたものを傍らのバケツに放り込む。水など一滴も入っていなかったバケツにたちまち水がわいてくる。ウツボの体から水がわいてくる。いや水ではない。水飴のようなものだ。

身震いしながら、香織はそちらをさらに覗き込み、今度こそ悲鳴を上げた。

それはウツボなどではなかった。ウツボにある凶悪な形相の顔がない。巨大な顎も、獰猛なカミソリのような歯も陰険な小さな目も、何もない。

そいつに顔はなかった。顔のあるべき場所には、丸く大きな穴がぽっかりと開いている。穴の周囲には唇のような吸盤のようなものがあって開いたりすぼまったりしながら、大量のゼリー状の液体を吐きだしている。そして体にもウツボにあるヒレや尾がない。何よりバケツの底で大量の粘液にまみれてうねっているその姿は、魚ではなかった。

「何なの、これ」

後ずさりながら尋ねると、漁師がふてくされたように答えた。

「吹き流し。この冬の群発地震以来、やたらにかかりやがる」

「吹き流し？　俺、こいつ食べたよ、昨夜」

すっとんきょうな声を上げて佐知子の夫が胃のあたりを押さえた。

「えーっ、何それ」

「ああ、食べるよ、この辺の者は」

漁師が相変わらず不機嫌な視線をバケツの中に向けた。

「丸い口をぽかっと開けて、ひらひら海の中を泳いでいるから吹き流しだ。こいつが一匹網に紛れ込むとエライことになる。捕った魚は骨と皮にされるし、網はべたべたにされるし。以前はよほど深いところでもなければ出なかったのが、今年になってからしょっちゅう網に入りやがる。どうなってるんだか」

漁師はバケツを蹴飛ばす。中の赤紫色の物はどうしたものか体が結ばれている。結び目を体の中央に作ったまま、ぬらぬらと動いている。

「こうやって自分で自分の体を結んで、魚を食うんだ。食うっていうか、吸うっていうか」

漁師はその吹き流しという生き物の赤紫色の唇のような物を指さす。

「これでピタッと魚の横腹に吸い付いて、体の結び目を重りみたいにして動かして、中身をぐいぐい吸い出すわけだ」

「吸うって、魚の身を？」

雄平が尋ねる。

「おう、そうよ」

「歯もないのに？」

「だから歯がないから、吸うのよ。口の中から消化液みたいなものを出して、魚の身をドロドロに溶かして吸っちまうから、後には骨と皮しか残らない」

「それじゃ生きながら体を溶かされるの」

想像するだけで全身が鳥肌立った。

「いやぁ」と漁師は首を振る。

「元気のいいやつは溶けやしねぇ。昔、こいつにチンボ突っ込んだやつがいたっていうが、かあちゃんより良かったそうだ。ドロドロにされちまうのは、死んだやつや元気のないやつだけだ」

吐き気のするような話だ。

はっと気づいて、香織はバケツの中を指さす。

「じゃあ、このドロドロは消化液……」

「そりゃ違う」

漁師は笑った。

「捕まると体中から、そんな物出すんだ。おかげで海から引き上げてお天道さんに何時間さらしたって死にゃしねえ」

粘液は、魚のように鱗のない体を保護するためのものだった。

「しかしこのどろどろは肌にいいんだと。昔はこれが取れるとカミさん連は、このどろどろを顔や手になすりつけた。だから海辺の漁師町だっていうのに、女たちは色白のもち肌をしていたんだ」

香織は足下から震えが上がってくるのを感じた。昨日のあの風呂の様が突然、記憶によみがえったのだ。

「じゃあ、このあたりでは、みんなこのどろどろを肌につけてるわけなのね」

自分の両手を抱くと、いつになくなめらかな感触が手のひらに伝わる。吐き気がこみ上げてきた。

「つけるわけないだろ」と漁師は笑った。

「昔の話だ。俺たちだって、子供の頃、聞いたことがあるだけだ。だいいち滅多にお目にかかれる魚じゃない。今年は特別だな」

「でも……」

バケツの中からかすかな匂いが立ち上る。寒天に似た、深く濃い海の匂いは、確かにあの浴室に立ちこめていたものだ。何よりもバケツの表面でぬらぬらとたゆたっている液体のその動き、生命を持っているかのようなゼリー状の液体は、昨日天井の淡い照明を映して揺れていたあの浴槽の中身とまったく同じように見える。

悲鳴を上げてその場を逃げだした。

「どうしたっていうの……」

追ってきた佐知子が、怪訝(けげん)そうに尋ねる。

「いえ、何でもない」

言葉にするのもおぞましい想像だった。

その夜、香織は、旅行の間、両親に預けた子供を引き取る暇も惜しんで、自宅のバスルームに駆け込み、泡立てたスポンジで一時間以上もかけて全身をこすった。

あちらこちらの水族館で「吹き流し」が人気者になったのは、それからしばらくしてからのことだ。人間は美しいもの、可愛いものが好きだが、同時にグロテスクなものや獰猛なものも大好きなのだ。

おそらく群発地震の影響で海底の環境に変化が起きたせいだろう。それはあの日、香織たちが訪れた小さな漁師町で大量に上がるようになった。そして漁師たちの嫌われ者は、瞬く間に全国の水族館に広がっていった。

深海の状態に近づけるために照明を落とした水槽の中をぐにゃぐにゃと泳ぎ回る、チューブのような生き物。魚類以前の最も原始的な脊椎動物の前に、人々は長らく留まった。大回遊水槽を目が回るほどのスピードで泳ぐマグロや、愛嬌を振りまくラッコやかわいらしいペンギンに寄せるのとは全く違う、負の興味を人々は抱いた。眉をひそめ、鳥肌を立てながら、遠慮もためらいも無くガラスを叩き、その生きているチューブのようなものを凝視した。

しかし人の興味を引き付けるのは、さらにおぞましい食餌ショーだ。さすがに良識ある公立水族館では、生き餌はやらない。一方観光地にある土産物屋の経営するアクアリウムでは、ほとんど秘宝館のノリで様々な工夫を凝らした悪趣味なショーが繰り広げられた。

水槽に放り込まれた瀕死の魚の横腹に「吹き流し」が吸い付き、くるりと体を回転させて結び目を作る。その結び目をぶらぶらさせながら、けいれんする魚の肉を溶かし吸い取り始めると、その場は異様な昂奮に包まれる。

しかしそれ自体は昔からあるピラニアの食餌ショーと同質のものだ。大回遊水槽のマグロもラッコもバイカルアザラシも、ブームは一過性の物だった。しかしピラニア人気は息が長い。毎年、どこかしらで様々なピラニアの種類を揃え、一見学術的な「世界のピラニア展」などというものが開かれている。格別飼いにくくもなければ、貴重種でもない。「吹き流し」もどうやらその種の水族館に欠かせない見せ物となりつつあった。

それだけではない。水深七百メートル地点に棲息しているというのに、網で引き上げられても生きている。炎天下に放置したところで自らの体からにじみ出る大量の粘液で数時間も死なない。この原始的な脊椎動物は、真水、それも塩素で消毒した水道水に無造作に放り込んでもびくともしないことがわかった。初めは大量の粘液を出して水槽の水全体をゼリー状にして、やがて淡水に慣れてしまう。餌は生き餌だろうと、死肉だろうと、ブタコマだろうとかまわない。歯がないので消化液でどろどろに分解できるタンパク質の塊（かたまり）ならなんでもよかった。

グロテスクな姿形とおぞましい食性をしているというのに、それを飼う人間がぽつりぽつりと出始めたのは、一つにはその飼いやすさによるところが大きい。

そうしたおぞましいものを飼ってみたいという人間はどこにでもいるものなのだ。水槽の掃除の度に指に嚙みつかれる危険を冒してピラニアを飼う者がいるように、数ヵ月分の収入をつぎ込んで、毒々しい色をした南米の毒蛇を買う者がいるように、「吹き流し」を飼う人間が出てきても不思議はなかった。

しかしそれの飼育が、一般の人々、それも普通の主婦の間で広まるなどということをだれが想像できただろう。

吹き流し風呂の噂がどこから広まったのかはわからない。

「四十八とは思えない若々しさ、主婦たちのあこがれの女優、白石聡美（さとみ）の美の秘密。それは、常々公開している有機野菜とヨーグルト食のせいなどではなく、二十代から続けているヨガの効果でもなく、ましてや十六も年下の恋人とのセックスがもたらしたものでもなく、毎夜、浴槽に入れている『吹き流し』のおかげ……」

そんな噂の出所はどこかわからない。そのことをある関係者が確認すると、女優はにっこり笑って答えた。

「アレと一緒にお風呂に入ってるわけじゃないわよ。そんなことをしたら、私、食べられちゃうじゃない。浴槽にお水を張った中に、アレを入れて、十分ジュースが出きったところで、水槽に戻してあげるの。それからお湯を足して暖かくして入るのよ」

そんな噂もまたまことしやかにささやかれた。真偽のほどはわからない。都市伝説の類だろう。

しかし香織はその話を、女友達から聞いたとき、あの「神秘の深層水ゼリー浴」を思い出し、顔から血の気が引いた。

ランチのテーブルで口元を押さえたまま絶句している香織に気づいた友人は慌てて「ごめんなさいね、気持ち悪い話をして」と謝った。

しかし同じテーブルについていた別の友人は「でも、私、そのくらいで、白石聡美みたいになれるなら、やるかも」とうつろな目を宙に向けて、独り言のようにつぶやいた。

「そうね、痩せるためにサナダムシを飲み込むモデルまでいるんですものね、あのくらいなら。本体を水槽に戻したあとなら、私だって……」

別の友人が悲壮な表情でうなずいた。

だれもがブランド物やオーダーメイドの衣服に身を包んでいる。隙のない化粧をしている。プチ整形など当たり前、ひょっとするとリフトもしているかもしれない。それでも三十代の頃にはなかった首の皺、下腹部のふくらみや手に浮き出た静脈に、密かに悩んでいた。そしてエステやサプリメントに月十数万もつぎ込んでいるのに、際立った効果はでていなかった。

私はやったのよ、本当に、という言葉はとうとう香織の口をついては出なかった。あれから数日間、寝込みたくなるほどの嫌悪感にもかかわらず、肌のコンディションは異様なほどよかった。

ぴんと張りつめ磁器のようにきめ細かく、化粧水さえ弾いてしまうくらいみずみずしかった。下地なしにファンデーションを塗りパウダーをはたいても少しも粉っぽくならない奇蹟のような状態だった。本当に効果のあるものは教えたくない。当然の女心だ。

ポリ容器に入れられた吹き流しを主婦たちが貸し借りしているという話を聞いたのは、それからしばらくしてからだった。

格別宣伝したというわけではないが、少し前のカスピ海ヨーグルトのように口コミで主婦の間で広がっているようだ。カスピ海ヨーグルトと違うのは、初期のブームのきっかけを作ったのが、健康志向の主婦ではなく、若く美しくなければ、生きている価値はないと言い切り、ピーリングやプチ整形にコスメ感覚で果敢に挑戦する美の十字軍のような勇気ある女性たちだったということくらいだ。

まもなくして佐知子から、吹き流しの交換会をするから自宅に遊びに来ないかと誘われた。もちろん香織は断った。噂には聞いていたが、格別親しくしている友達からそんな電話を受けると、いっそうの気味悪さや嫌悪感に加え、かつて、マルチ商法や宗教にハマった彼女に誘われたときのような、失望と警戒の気持ちもわき上がる。

しかしそれから二週間のうちに、立て続けに二回、他の友人から誘われ、その後いつも銀座でランチを共にしている主婦から勧められたときには、気持ちがぐらつき始めていた。どうやらあのグロテスクな「粘液浴」が今、アロマテラピーとさほど変わらぬ、おしゃれなミセスにとっては当たり前の美容法になってしまったことを知らされたからだ。

このままでは自分だけが取り残されるかもしれない。身の回りに構わず、五年前の流行色の口紅を無造作に唇に塗りつけて電車の中で居眠りしているようなおばさんになってしまう、そんな危機感があった。

「行くわ。よろしくね」

香織は決意した。

翌週の水曜日、仲間の家にメンバーが九人集まった。

居間で手作りのクッキーとハーブティーを出され、おしゃべりをしていると玄関先で車が停まる音がした。パールホワイトのセダンからバケツを下げた仲間の主婦の一人が下りてくる。

「遅れてごめんなさいね、道路混んじゃって」

主婦は蓋をした青いポリバケツを玄関の床に置き、ケリーバッグから出したハンカチで汗をぬぐった。

待っていた女たちは一斉にそちらに出て行く。

蓋が外された。そこに香織が以前、漁師町で見たのと同じ物がのたくっていた。バケツから溢れんばかりの粘液は水飴状で、底に沈んでいる生き物がうねるたびに、粘液自体が生きているようにぐにゃぐにゃと揺れる。

赤紫色の体は、粘液を通して見ると、血抜き途中のレバーのような白っ茶けた色に変わっている。

「弱っているのよ。このバケツにお水は全然入れてないから、たまってるのは全部、これが吐き出したものなの」

飼い主の主婦は得意げに話した。香織は吐き気を覚えたが、他の仲間の顔に嫌悪感は見えない。グロテスクな生き物は、すでにその効能によって主婦たちの間では、イメージを変えられていた。水飴のような粘液は貴重な美容液であるし、その底にいるものは、カスピ海ヨーグルトの菌のようなものと見なされている。

この家の主婦が急いで別のバケツを用意する。そのままにしておくと吹き流しが死んでしまうから、粘液をもらった家では大きめの容器にくみ置きしてカルキ分を飛ばした水を入れ、吹き流しをそこに移してやる。

飼い主の主婦は、棒の先に金具のついた物で底に沈んでいる吹き流しの体を挟む。多量の粘液を体内から出し切り、弱って逃げることも抵抗することもできなくなったその生き物は水底のゴミのように容易に挟むことができる。引き上げた瞬間、顔も尻尾もひれも何もない、体の一方にぽっかりと吸盤付きの穴が開いているだけの太い紐のような物から透明な粘液がずるずるとしたたり落ち、見ていた主婦たちはさすがに、嫌悪のうめき声を上げた。

吹き流しは水に入れられると、ふわりと動いた。この家の主婦は用意しておいた豚のブロック肉を放り込む。吹き流しはすぐに肉に吸い付き体の後ろ半分の位置に結び目を作り、それをぶらぶらとさせ始めた。

「肉……」

香織がつぶやくと、主婦が答えた。

「お魚でもお肉でもなんでもいいのよ。でも、元気なお魚や煮たり焼いたりしたものじゃだめ。消化できないんですって。必ず生。それから脂分の多いバラもだめね。だからこれヒレなのね。でもパックのお肉をそのまま上げればいいだけだから、簡単よ」

主婦はこれを持ってきた友人と顔を見合わせ、にっこりした。

粘液を出し切って弱った吹き流しは、そうして元気な状態にして持ち主に返す。ただし金銭のやりとりはなし、というのが、吹き流しを貸し借りする主婦たちの間に広まっているルールだ。

るらしい。

バケツに半分ほどの「美容液」は、暖めた風呂に入れるとゼリー状に固まる。そこに体を沈め

「ほんと、体中輝くって感じなの。すっごい美肌効果なのよ」

今回、吹き流しを貸してくれた主婦は興奮気味に語った。

「肌がすべすべ、ぷりぷりになるだけじゃないの。くすみが取れるから、お化粧なんかいらないくらいまっ白。美白効果もばつぐんよね」

確かにその主婦の下ぶくれの頬は、日に当たったことなどないような、ふやけた白さだった。

「次はうちね」

別の主婦が言った。

「その次はあたし」とさらにもう一人が言った。「その次」「その次」とその場にいた女たち全員が手を挙げた。香織も雰囲気に気圧（けお）されるように加わっていた。

ただし入浴を終えてゼリー状の水を流すときには、バスタブに入れなければならないものがある。生のパイナップルジュースだ。加熱したものではだめで、必ず生を絞ったジュースを入れてよくかき回してから捨てる。そうしないと排水管が詰まるのだという。

面倒だが美肌、美白のためだ。労を惜しむわけにはいかない。

それからしばらくして、ゼリー状の水を流すのにはパイナップルジュースでなくても、ある種の合成洗剤でもいいという話が口コミで広がった。要するにタンパク質分解酵素の入ったものなら何でもいいらしい。

テレビ通販で「吹き流し」エキス入り化粧品が売り出されたのは、いよいよ明日、香織の番が回ってくるというときだった。

二十四時間、商品の紹介と宣伝をしているそのチャンネルでは、若い女性アナウンサーが吹き流しエキスの有効成分について、解説していた。

主成分はコラーゲンと皮膚表面の死んだ細胞を溶かして除去するための若干の消化酵素らしいが、それだけではない。何かホルモンに似た神秘の物質も含まれているという。化粧品にはその吹き流しエキスに、保湿成分として多糖類を加えてある。

「こちらお顔用のパールスキンスペシャルと全身用、男性にもお使いいただけるパールスキンエース、それにアイメイクまで一拭きで落とせるパールスキンクレンズをおつけして、今なら、なんと、一万五千八百円」

はなからそんな物など必要なさそうな若いアナウンサーが早口でまくしたて、その隣で少し歳のいったタレントが「まーっ、すぐに注文しなくちゃ」などと手を叩いてみせる。

香織は即座にそこに示されたメールアドレスで化粧品を申し込み、吹き流しを持ってきてくれるはずだった友人に、急用ができた旨を伝え、断った。

あんなグロテスクな物の粘液につかるよりは、化粧品で済めばそのほうが良い。

それから一ヵ月としないうちに、香織の夫、邦夫の買ってくる男性週刊誌に大きな記事が載った。

「中年男性を襲う鬱の恐怖」という見出しだった。

リストラや男の更年期、さらに強い女性たちの出現が追い打ちをかけ、働き盛りの男たちの間で鬱が増えているとして、記事はその例をいくつも上げ、「もちろん、あなたにとっても他人事ではありません。放っておけば、仕事を失い、家庭も崩壊、自殺に追い込まれることさえめずらしくはないのです」と不安をあおっている。

疲労感、不眠、そしてことさらのように強調される性欲減退。あたかも勃つことが、男の心身の健康を計るバロメーターであるかのような論が展開されたのち、救世主として「吹き流し」が登場する。

以前、香織たちの訪れた漁師町の人々が、郷土の食として吹き流し料理を披露する内容だ。炊き込みご飯、蒲焼き、干物……。さすがに刺身はない。

良いことずくめの吹き流しだが、鮮魚としてなかなか手に入らない。大量の粘液を出すので家庭の台所では調理がやっかいだ。そこで当社では今、この吹き流しを粉にしたサプリメントを開発した。そんな社長の弁に続いて、体験者のコメントが載っている。

「一時は自殺まで考えた自信喪失の日々がうそのよう。身も心も癒され生きる意欲が戻ってきました」

「長年悩んだ不眠が治り、仕事はばりばり。人生が変わりました」

「朝起きたときから、やる気まんまん。業績アップで、大声じゃ言えませんが、彼女までできましたよ」

一般記事を装った広告だった。

インターネットでそのサプリメントを買って夫が飲んでいることは、その後ズボンのポケットに入っていた包装紙で知った。しかし妻の香織から見れば、その効果はまったくわからない。尋ねてみたところ、邦夫の方も「誇大広告だ。何も変わったことはないよ」と笑うだけだ。もとより不眠も鬱もない夫なので効果無しも当然だが、とすると、別のことを期待したのかもしれない。

一方、香織が買ったエキス入りクリームは、添加された合成界面活性剤とポリマーのおかげで見かけ上の効果は現れたが、一回洗顔すれば元の木阿弥で、その点では、一般の化粧品と変わりない。

その後、香織は意を決して友人から吹き流しを借り、粘液の風呂に入った。その頃には持ち主と借り主の二者の間で貸し借りしていた吹き流しは、グループ内で次から次へと受け渡されるようになっていた。バケツ一杯の粘液を出した吹き流しは体力を回復させるまで三日ほどかかる。その間借りた人間が責任をもって管理し次に受け渡すようにすれば、定期的にゼリー浴が可能になり、持ち主としても手間がはぶけ餌代がかからない。しかしこうなると結局、だれが持ち主なのかわからない。いつの間にかどこのグループでもマニュアルが作られていた。そのマニュアル通り各自が責任をもって取り扱う。万一、死なせてしまったときは、新しく買って次の人に渡す、というのが、新たなルールとなって定着した。

効果はあった。高い金を支払って受けたあのときのタラソテラピーと同様の効果だった。

それは吹き流しを、次の順番に当たっている佐知子のもとに持っていったときのことだ。玄関先に現れた佐知子の表情が明るかった。

少し前から不眠を訴え、会社を休みがちだった夫、雄平の状態がかなり好転したのだという。

「それがね、考えてみると、この前、これを連れてきた日からなのよ」とバケツの中の粘液にまみれた赤紫色の体を指さした。

「眠れないの死にたいのというから、ためしにこれのお風呂に入りなさいと言ったわけ。ほら、確かに美肌効果はあるけど、それ以上にゼリーっぽいお湯にヒーリング効果があるじゃない、そうしたら顔色変えて怒るわけよ、気味悪い話をするなって。だけど翌日、私がお買い物に出かけているうちに、一人で入ったらしくって、顔つきが変わっているわけ。その日までずるずる会社を休んでいたのが、急に、明日から会社に行くと言い出して。これ以上欠勤したらこんなご時世だもの、即リストラじゃない。もう私、離婚の覚悟まで決めてたのよ。でも子供抱えて食べていく自信なんかないし、スーパーでレジ打ちなんて死んでも嫌だし、どうしようと思っていたから、本当によかった。最近は、主人、本当に人が変わったみたいに朝はちゃんと起きて、はりきって会社に行くのよ」

「で、あっちの方は？」

品が悪いとは思いながら、ついつい好奇心にかられて尋ねていた。

「は？」

佐知子は眉をひそめた。

「あるわけないでしょ。私たち夫婦なのよ」

「外では？」

「うちの旦那（だんな）がもてるわけないじゃない」

どうやら回春効果はなさそうだ。

それからまもなく、邦夫は久しぶりに雄平に会った。

仕事が終わった後、二人の会社のある日本橋界隈の割烹で待ち合わせたのだが、その日雄平が店に現われたのは、約束の時刻から一時間半も過ぎ、一人でカウンターで飲んでいた邦夫がとうに出来上がって河岸（かし）を変えようとしていたときだった。

「いったいどうしたんだ」と尋ねる邦夫に雄平は、「すまん」と穏やかな様子で頭を下げた。

「途中で、いろいろと気になるものがあって」

「気になるもの？」

「ああ、久々、この町に出てみると、何もかもが輝いて見えるんだ。町行く女性も美しいし、交差点の様子も実に活力に溢れている。ショーウィンドーに飾られたカメラやコンピュータも、あらためて見ると、実に、洗練された魅力的なフォルムをしている。それで思わず見とれていた」

邦夫は雄平の顔を見つめた。格別、異常なところは見えないが、抗鬱剤の副作用か何かで、意識が散漫になっているのかも知れない。

雄平は、ビールを注文し、すぐに清酒に切り替えた。その物腰に屈託はない。以前のようにことさら下品な物言いをして、から元気を見せる様子もなく、カウンターに置かれた鉢物を摘みながら、静かに杯を傾ける。

最近の景気の話、職場の話、ゴルフの話。格別、雄弁でもなければ、深刻に黙りこくるわけでもない。穏やかにうなずき、邦夫の方が気後れするくらい落ち着き払った仕草で、酒を勧めてくる。

違和感がないわけではない。しかし「うむ」「そう」という同意の言葉がゆったりと、幸福そのものの調子で発せられると、自分が心底肯定され受け入れられるような心地良さを感じる。

違和感の正体に気づいたのは、話題が旧友のことに移ったときだった。

「都庁にいる矢島な、いよいよだめらしいや」

「あ、そう」

ゆったりした笑みを浮かべたまま、雄平は答えた。

「矢島だよ、矢島。この前の同窓会で、癌で闘病中だと、告白した」

「ああ、知ってる」

雄平の表情は変わらない。小鉢の塩辛を摘み、うまそうに猪口（ちょこ）の酒を飲み干した。

「奥さんにこの間会ったら、リンパ節から肺に転移して、手の施しようがないらしい。延命処置は本人が拒否しているが、奥さんは免疫療法を試してみると言っている」

「そう、いろいろやってみるのはいいことだね」

真っ赤な顔に福の神のような微笑を浮かべて、雄平は大きくうなずく。

一瞬、頭に血が上り、次に薄気味悪さが背筋を這い上ってきた。

「帰ろう」

邦夫は短く言って立ち上がる。

「飲みすぎだ」

まだ、いいじゃないか、とは雄平は言わなかった。

「そう」とうなずき、「じゃ、ごちそうさん」とカウンターの中の板前に上機嫌で声をかける。

邦夫は「飲みすぎだ」と叱責するように雄平に言った。

「そうか。両人、対酌して山花開く、一杯、一杯、また一杯、我酔うて眠らんと欲す……」

雄平は、朗唱しながら片手をゆったりと上げ、駅の改札の向こうに消えていく。

別れた後も、違和感が去らなかった。妻からは雄平が最近、鬱から脱したという話を聞いているが、おそらく強烈な抗鬱剤でも服用していたのかもしれない。酒など飲ませたのは配慮が足りなかったと反省しながらその後ろ姿を見送った。


世話になったお礼に、と顧客の一人であるリカーショップの社長から邦夫が接待を受けたのはそれからしばらくしてからのことだ。

社長は、まもなく七十に手が届く年だが、経営権はまだまだ半人前の娘婿(むこ)には譲れないというのが、口癖だ。しかしその意欲に反してだんだん体がままならなくなってきた。そんなこともあってしばらく前から整体だの気功だのといったものに凝り出したのだが、最近、何をしても治らなかった原因不明の倦怠感が一回の施療で治ったと言う。

「なんですか、それは？」と尋ねても、社長は笑っているだけで答えなかった。

そのリカーショップの経営がこの不況下で、赤字から大幅黒字に転じたことが判明したある日、邦夫は社長の車に乗せられ、夜の高速道路を西に向かった。

車は三十分ほど走り、都心にほど近いインターの降り口近くにあるアラビア風宮殿を象った建物に入っていった。

どこから見ても二昔前のラブホテルだ。社長が自分とラブホテルに入る趣味はなさそうだから、おそらく風俗での接待だろう。

「やりますね、社長」

「誤解しちゃ困りますよ。先生の考えているようなところではないですよ」

恐妻家で有名な酒屋の社長は片手を振った。

「お待ちいたしておりました。晴山様でございますね」

モザイク風アーチのある入り口を入ると、蝶ネクタイのボーイが社長の名を呼び迎えた。シティホテルのフロント係のような対応だ。どうやら高級ソープらしい。

待合室の落ち着いた色合のソファに身を沈めると、ほのかに漂う香とゆったりした音楽に、気分がほぐれてくる。

ロングスカートの女が、飲み物と案内書のようなものを持ってきた。

グラスに入っているものはソフトドリンクだった。レモンジュースにつるりとした食感の果実のような物が入っている。

「アロエのジュースでございます」

女がにっこり笑った。ずいぶん健康志向のソープランドだ。

「ヒーラークラブ　海のしずく」

案内書にはここの名前があった。その下に「究極の癒しを貴兄(あなた)のために」「女性だけに独占させるのはもったいない」といったキャッチフレーズが書かれている。

「え……」

邦夫はすっとんきょうな声を上げた。

「当店は女性によるサービスは行なっておりません。しかしそれ以上のご満足を保証します」と小さくある。

社長はうっすらと笑った。

「いや、ホント、もう、資金繰りどうしようとか、蔵元が売れ筋の焼酎(しょうちゅう)を卸(おろ)さないとか、心配事だらけで、ここのところ眠れないこと、胃の痛くなることが山ほどあったんだけどね、週一回通い始めたら、もう、なんというのかすっきりするんですよ。今までの不調は何だったんだろうというくらい。すっかり若返った感じで、困難には、気力万全で立ち向かうってことができるってわけで」

整体、気功、温泉療法、青汁、断食道場……。社長がこのところ、次々に凝っては飽きてやめた健康法を思い起こす。ここもそうしたところの一つかもしれない。他のところと違うのは接待に使えるくらいに高級な仕掛けがあるということか。

しばらくして邦夫は個室に案内された。

ドアを開けると内部は脱衣室になっていた。

女が一人、立っている。

「どうぞ、お召物を脱がれましたらこちらにお入れください」と傍らの籠を示す。

事務的な口調だ。女はピンクの上下を着ている。半袖、開襟の上着に、下はズボン。どう見ても歯科衛生士か介護士の服装だ。

「パンツも？」

「はい」

わけがわからないままに裸になり、気まずい思いで振り返ると女はいきなり邦夫の前に膝をついた。

どうということもない。コスチュームが違うだけで普通のソープランドだ。少しほっとしながら女のつむじのあたりを見下ろす。

「失礼いたします」

女は傍らの引き出しからコールドクリームのような壜を取り出し、中身を手のひらにのせた。よく見ればごく薄いゴム手袋をしている。その両手でいきなりペニスを挟まれた。

反射的に後ずさった。何か様子が違う。女はすこぶる無造作にクリームをなすりつける。勃起するどころか、縮んでしまった。女はそんなことにはかまわず、手早く手袋を外すと傍らのくず籠に放り込み、奥にあるガラスのドアをあけた。

薄暗い内部に浴槽がある。やはりソープなのか？

「どうぞお入りください。あおむけになり、こちらに頭をお載せください」

丁寧だが事務的な口調で女は、枕のように湾曲した浴槽の縁を指差した。

「それでは、三十分後に参りますが、ご気分が悪くなったときには、このブザーを押してください。係の者がすぐに参ります」

浴槽脇に垂れ下がっているナースコールのようなボタンを示し、一礼すると女は出ていこうとする。

「ちょっと、待って。君は」

慌てて邦夫は呼び止めた。

来る客、来る客に同じ説明をしているのだろう。女は場内アナウンスのような抑揚の無い口調で答えた。

「私どもが、浴室でお客さまとご一緒するのは、禁じられております」

薄暗い風呂場に一人残され、邦夫は途方にくれた。習慣的にかけ湯をしてから浴槽に入ろうとしたが、どういうものかシャワーも汲み出し桶もない。

浴槽に入ろうとして、不安にかられた。

底が見えない。湯が濁っているのではない。薄暗い部屋で水面が天井の明かりを反射しているのだ。

あきらめて足を突っ込む。

奇妙な感触だった。生暖かく肌に吸い付くような、ゼリー状の湯だ。

妻が凝っている吹き流しの分泌物だとその瞬間に悟った。本体を想像すると気色悪いが、湯の感触はいい。

「女性だけに独占させるのはもったいない」

案内書にあったキャッチフレーズはこのことだった。つまりエステということか。

とはいえ社長の口にした効能は眉唾だ。風呂は初めてだが、つい一ヵ月前、邦夫はネット通販で流行っていた吹き流しエキスのサプリメントを試してみたのだが、格別、体調が良くなったという感じはない。

まあ、気分的なものだろうと、指示された通り仰向けになる。

センサーでもついていたのか、そのとたんに天井の照明が消えた。

数秒後に足に何かが触れた。ぬるりとしたものだ。

まさか、と思った。普通なら悲鳴を上げて飛び出すところだが、このとき邦夫の体はゼリー状の湯のからめとられるような心地よさに、すでに力が抜けていた。

次の瞬間、何かがペニスの先端に触れた。いや、吸い付いてきた。

快感とともにいやな光景が映像となって頭に閃いた。しかしそれを打ち消すかのように真っ暗な天井にホログラムが浮かび上がった。体にぴったりした赤紫色のドレスを着た若い女の後ろ姿だ。

女はゆっくりとこちらを振り向き、ほほ笑みかけてくる。

邦夫はうめき声を上げた。

股間の物は何かに呑み込まれていた。それは蠕動しながらぴたりと吸い付いてくる。これまで経験したこともない激烈な快感が体を突き抜けた。

あっという間に果てていた。

しかしそれを呑み込んだものは、まだ離さない。それだけではない。息を弾ませたまま大の字になって投げ出した邦夫の体を、ゼリー状の湯は、この世のものとも思えない心地よさで柔らかく包み込んでいる。

頭上のホログラムの女は赤紫色のドレスをはらりと脱ぎ捨てた。同色のレースのブラジャーを取る。形のいい乳房がこちらを向いている。格別魅力的ではない。そこそこきれいな普通のモデルの体がそこにある。

ホログラムの女は頭上で邦夫を跨いだまま静かにパンティを脱いだ。

再び激しく勃起した。ホログラムのせいではない。彼を呑み込んでいた物が蠕動を再開したのだ。

下腹全体がかき回されるような、男よりも深く激しいといわれる女のオーガズムもかくやと思われる快感が体を走った。

邦夫はあられもない声を上げた。両手を前に突き出し、足を広げたまま、全身を痙攣させながら、よだれを垂らしてわめいていた。

二回目の射精が終わったとたん、それは逆の運動を始め、まるで嘔吐するかのごとく呑み込んでいたものを吐き出し始めた。

それが異物であることにようやく気付いたようだ。放心したまま、邦夫はゼリー状の湯の中に浮いていた。どれだけそうしていたのかわからない。

頭上のライトが再び灯り、邦夫は我に返る。一瞬おいて「お疲れ様でした。御気分はいかがでしょうか」と再び、あの事務的な声が浴室に反響した。

のろのろと浴槽から上がった邦夫にバスタオルを手渡し、女は「シャワーは浴びないでください。貴重なエキス分が皮膚からまだ吸収されていますので」と説明する。

「はあ」

体中の力が抜けてしまった。ふらつきながら邦夫は渡されたスポーツ飲料を飲む。そのまま服を着たが、意外にも、ゼリー状の湯は、洗い落とさなくてもべたついたりしない。

脱衣室を出るときには、奇妙なくらい穏やかで満ち足りた気分になっていた。

再び待合室に戻ると、先に済んだらしく社長がにやついて待っていた。

「どう？　そこらへんのおねえちゃんよりずっといいでしょう」

「はあ、すごいです。千倍は、いいですね」

唸るようにそう答えていた。

「それより、先生、お腹は空いていませんか」

「そういえば」

空腹感などここ数年来、ほとんど感じたことはなかった。だが今、胃の辺りを圧迫していたものが消えたように、何か食べたいと思った。河豚の薄造りだの、湯葉だのといった、四十過ぎてからの邦夫の好物ではない。トンカツか、天ぷら。二十代の頃のように、どっしりと腹にたまるものが欲しかった。一体、どうしたことか、と首をひねりながら、邦夫は社長と二人でその宮殿のような建物を出る。

社長は、行きつけの高級料理店ではなく、途中のファミレスに車を入れた。邦夫にしても格別不満はなかった。

席につきTボーンステーキのセットを注文する。写真つきのメニューを眺めるだけで胸焼けのしそうなファミレスの食事が、信じがたい美味に変わっていた。

空腹だったというだけではない。店の雰囲気も運ばれてきたものも、何もかもが輝いていた。

隣の席で甲高い声を上げて騒ぐ子供たちを三匹、野放しにしている非常識な若夫婦さえ、日本の将来をささえてくれる聖家族のように感じられる。

「どうかしましたか？」

皿の上のサーロインステーキの最後の一切れを食べ終え、社長が尋ねた。

「いやぁ、何か気分が、前向きになって」

社長に連れ出される直前まで、頭を悩ませていた案件について、解決の筋道が頭の中でするすると組み立てられていく。老後について感じていた漠然とした不安や淋しさが取るに足りないものに変わり霧散していく。

同時に女房に隠れて付き合っていた女たちが、急に色褪せて感じられてきた。恋の醒めぎわの、あの薄ら寒い失望感ではない。飽きたというのでもない。子供が成長して、幼児の玩具への興味が失せる、ちょうどそんな感覚だった。

「あれの効果なんですよ、あれは風俗なんかじゃないって納得したでしょう」

社長は老人斑の浮いた頬を緩めた。邦夫は大きくうなずいた。

「ええ。それにあれなら後ろめたい思いをしないですみますよ。以前、女房にソープ嬢の名刺がみつかって大騒ぎになったことがありましてね。裏に生理日付きのカレンダーが印刷してあるから、一発でわかるじゃないですか。しかしたかがソープですよ、浮気でもなんでもなく」

「女房なんて、問題外だね」と社長は吐き捨てるように言った。

「いやぁ、何かこう活力が体の中から満ちてきたような感じになって……」

「そう、それですよ」

社長はうなずき、身を乗り出してきた。視線が宙を泳いでいる。

「つまり古来、女にはそうした力があったんですよ。しかしこういうご時世ですからね、先生のところはどうか知らないですが、うちのなんて、あれは女じゃなくて、カンナですね。そう、命を削るカンナだね。疲れて帰って、女房の顔見てまた命が削られる。女房でなけりゃいいだろうと思ったら、若い女だって同じですよ。頭でっかちで、要求ばかりが多い。気を使ってやってこっちが大汗かいてサービスして、それで当たり前みたいな顔でふんぞり返られる。おまけにバッグだ、服だとねだられて別れてみれば、財布は軽く、心は重くってことになる。体と心を癒してくれて、一緒にいると明日への活力が体の底からわいてくる、そんな女はもう、いなくなってしまったんだね。いつの間にか、女はこちらが気力十分にして奉仕するものに変ってしまった。疲れた男なんぞ、ふん、と鼻先で笑って足蹴にされるだけで」

「うちのだって似たようなものですよ。女房に命を削られるなんて我々の世代じゃ当たり前の話ですからね。癒してくれなんて言おうものなら、甘ったれるなと一喝されて終わり。一言言えば三言なんてものじゃない、二十倍くらいになって返ってきますよ。だからと言って外の女だって、社長の言う通り、癒してくれるわけじゃない。そりゃすっきりはしますよ。物理的には。しかし充実感だの活力だのくれる女はどこ探したっていやしない。なんだかんだ言っても結局は金、みたいのが見え見えで。女、送っていった帰り道なんか、俺、いつまでこんなことやってるんだ、なんて、げっそり空しい気分になったりして」

「世の中というか、日本って国が変わってしまったんですよ。ほら、何ですか、戦後の教育がね、変なことを言い出す人がいるじゃないですか。国旗掲揚反対とか、夫婦なのに別々の姓を名乗れとか、そういう中で日本人も日本の女も変わってしまったんですよ。それならこっちで、おまえらなんかいらん、と態度で表明してやらなければならない」

「そうそう、ＮＯと言える日本の男ですね。で、失礼ですが」と邦夫は声をひそめて尋ねた。

「あのヒーラークラブって、あのコースでおいくらくらいなんですか。実は自分でもかかりたいもので」

社長は無言で人差し指を立てて見せた。

一万かと思ったが、おごられたという事情もあるので「十万」とさばを読んで答えてみる。

社長がうなずいた。

高い。効果からして、必ずしも高いとは言えないが、接待交際費として落とせる性格のものではない。自腹では、そう頻繁に通えない。

「ちなみに十万はサービス料ではなく、施療代です」

「マッサージや整体と同じですか」

「そう。ただし高額医療費としての税金の減免は期待できません」

その夜、邦夫が満ち足りた気分で帰宅すると、妻もバスローブ姿でくつろいでいるところだった。

ちょうどこの日、吹き流しが彼女のところに回ってきたらしい。

バスルームの脇の掃除用具入れを何気なく見ると、青いバケツの中で、柔らかなレバー色の体が結び目を作って、餌の肉に吸い付いているところだった。

これと一回十万か、と思うと、さすがに複雑な気持ちになる。その一方で前向きな気分と爽快感はまだつづいていた。

鬱に悩む中高年の男の間で、吹き流しをペットとして飼うのがはやり始めたのは、それからまもなくのことだ。

バケツの中に放りこまれた吹き流しは、風呂場の角に置かれ、一日一回水を取り替えられ、餌を放りこまれて生きていた。

それが美肌美白を目的とした妻たちの飼い方と違うのは、たいていの場合は妻たちのように男はそれを友人同士で回したりしないということだった。自分の物は自分専用に、一匹飼う。兄弟になるのを避けるという分別は、だれもが持っていたし、そんなものと何かしている、ということを他人に知られたくないという羞恥心（しゅうちしん）もあった。

その頃になると、吹き流しは観賞魚店で、金魚と並べられて普通に売られるようになっていた。何しろそれは、昨年の群発地震以来、東京湾内にまで頻繁にやってくるようになり、頼まれもしないのに網にひっかかり、他の高級魚を骨と皮にしては漁業に打撃を与えていたのだ。美肌のためのサプリメントとしてすでに市民権を得てはいたが、それを調理しようという者はさすがに地元以外にはいない。サプリメントを作っている製薬会社は引き取ってくれるが、二束三文で買い叩く。そこそこの値段で買ってくれる観賞魚業者は地元漁協にとってはありがたい存在となった。

美肌、健康のための吹き流し風呂が定着していたから、妻たちは当初、それに男が入っても止めなかった。むしろ奨励したくらいだ。ゼリー状の粘液だけでなく本体が浴槽内を泳いでいても、格別悲鳴も上げないくらい、それが家庭の必需品になりかけた頃、しかし妻たちは、男がそれを使う目的にうすうす感付き始めた。

しかし実のところ最初にその影響を受けたのは、妻ではない。新手のライバルに職場を奪われた風俗嬢たちだった。何しろはやり廃（すた）りの激しい業界である上に、浴槽さえあれば成り立つ商売でもあり新規開業は簡単だ。人間の女と違い、吹き流しは文句を言わない。給料もいらない。売れっ子を他店に引き抜かれることもない。生理日もない。

不思議なのは、ヒーラークラブの影響が、直接的な行為によるサービスを目的とした店だけでなく、疑似恋愛とおしゃべりを売りにした一般のクラブやキャバクラにまで打撃を与えたことだ。物言わぬ、最も原始的な脊椎動物が、単なる欲望処理を越えて、男たちの心の聖域に踏み込んでいったように見えた。

やがてこの現象は、特に若い夫婦の間で、家庭内の軋轢（あつれき）を呼び、一般の女性たちが抗議の声を上げ始めた。

とはいえ、こうしたことを倫理的にどう裁くかといえば難しい。どう考えても不貞ではないし、児童買春のような犯罪性はない。行為そのものはこんにゃくを使った自慰の範疇（はんちゅう）である。変態という非難が一番当たっているが、これはゲイを始めとする性的マイノリティーに対する不当な差別にあたり、意識が高いと自認する女は口にできない。

あえて非難の根拠を探そうとすれば動物虐待ということになるが、山羊や鶏ならいざ知らず、原始的脊椎動物に一物を突っ込むことが、動物虐待に当たるかどうかといえばこれまた疑問だ。

にもかかわらず、それは大きな問題を胎（はら）んでいた。女たちが男への媚びとはまったく異なる次元で、自己実現の一種として美と若さを追求し始めたのと呼応するように、男たちも女への性的興味を失っていったのだ。

単なる欲望処理ではない。精神的、情緒的なパートナーさえ、彼らが女に求めなくなっているということに一部の女性たちが気づいたとき、彼女たちは「男の幼児化」「愛情無き性の荒廃した風景」「戦慄すべき短絡思考」という的はずれの言葉によって、吹き流しを愛好する男たちを激しく非難し始めた。

しかし一般の主婦たちは、そんな七面倒くさい論争になど加わらない。夫が出勤した後に、彼らの新たなパートナーを袋に詰めて生ゴミとして出してしまうという、きわめて簡便な報復と解決方法を選ぶ。しかしこれは別の物を新たに購入すればいいだけのことなので、愛人や高等動物のペットを殺されたときのような騒ぎが持ち上がることはなかった。また生ゴミとして出されたペットについては、気づいた人間が拾っていき、事実上リサイクルされるので数が減るわけではない。

　とはいえ吹き流しの飼育を断固拒否する妻との間では、離婚騒ぎも起きるようになっていった。そんな中で、超保守、硬派で鳴らしているある自治体の長が、オピニオン誌に「君たちが変わらぬ限り、我々は君たちの元には戻らない」と題する一文を載せた。

思いやりや優しさといった女性としての美徳を失ったことが、世の女性たちが最も原始的な脊椎動物に妻の座を奪われる事態を招いた。「つまり君たちはこの海洋性動物以下なのだ」と彼は断じ、悪いのは女であり、女が変わらぬ限り、我々はこの生き物と交わり続けると開き直った。だったらその原始的な脊椎動物に炊事洗濯とあんたの子供の世話、あんたの両親の介護までさせてみろ、という反発の声が主婦たちから上がったのは言うまでもない。

　一方で超党派の女性議員グループはリコールを呼びかけたが、議会の多数派を占める男性議員が、雑誌に掲載された文章は、この知事が得意とする危ないしゃれの類で、目くじらを立てるのは大人げない、となだめにかかった。本当のところ、彼らの中にもかなり吹き流しの世話になっている者がいた。

　その頃、邦夫もまた自宅の風呂場脇に浴槽掃除用ブラシや洗剤と一緒にポリバケツで吹き流しを飼うようになっていた。経費として落とせないような事に一回十万もの出費をすることはできない。

ヒーラークラブと違うのは、浴室で女性がゴム手袋をはめて塗ってくれる軟膏状の物がないことだけだった。吹き流しが餌として認識できる匂いを発するその軟膏がないので、浴槽の底に沈んでいる吹き流しを捕まえ、その口にペニスを突っ込むという、強姦まがいの行為をしなければならない。粘液だらけの生き物を素手で摑むのは最初は少し抵抗があったが、じきに慣れた。

妻はその粘液だけを美容と健康のために使い、彼は本体を活用する。こうした形で夫婦がこだわりなく使い回す家庭というのも、この頃は格別めずらしくはなくなっていた。

長く一緒に暮らしている相手と性を共有したいと思う妻自体が、もともと日本ではめずらしい。だから風呂場で夫が変な物を使って性の処理をしたといって、怒るには当たらない。多少の不潔さを我慢すればすむことだ。多くの妻はそう考えるようになっていた。何より、不況の今、就職先もなく、労働意欲も乏しい妻たちにとって夫は、唯一の経済的手段なのだ。


様子がおかしい、と邦夫が感じ始めたのは、一ヵ月くらい前からだろうか。経営コンサルタントとして関わってきた会社の経営者から合理的で積極的な経営姿勢が消えた。邦夫の会社の業績も、それにともない目立って悪化してきた。

新たな分野に乗り出そうとする姿勢や、拡大、挑戦への志向が急速に衰え、ベンチャー企業と呼べるものが日本から消滅しつつあった。

もちろん停滞し続ける経済が、その元凶であることは間違いないし、直接的には、以前リストラされた社員の起業が、どれもこれも自爆に近い形で失敗に終わったということが原因ではある。

しかし邦夫には、何か人のモチベーションそれ自体に変化が起きているように思える。

先の見えない不況の中でただでさえ活力を失っていた日本経済は、最後の努力を放棄したかのように見えた。そうした中で生き残る企業がないとはいえない。女性のトップが率いる会社だが、そちらは極端な安定志向と残酷なばかりの合理的経営理念が貫かれ、左前になった同業他社を駆逐し、業績は急上昇していく。

　そうした中で世相は奇妙に明るい。

　町のネオンは消え、居酒屋もクラブも閑散としている。男たちは夕刻、まだ陽が高いうちに家に帰り、必要最低限の支出の中で、穏やかな笑みを漂わせて子供の相手などしている。そうした彼らの家庭回帰は初めの頃こそ女性たちの支持を集めたが、それが家庭の経済的困窮にストレートに結びつくという現実を認識したとたんに、妻たちは苛立ち始めた。

　モチベーションもモラールも上昇志向も失い、今日という日を平穏に生きようとする男たちと、眉間に皺をよせ、こめかみの血管を膨らませた女たちの表情は際だった対照を見せた。

　公園や地下道に寝泊りしているホームレスは確実に増えたが、彼らの瞳に絶望感はない。吹き流しは彼らにとっても、飼いやすいペットだった。

　邦夫もまた、そうした不思議に前向きな、希望に満ちた日々を生き始めている。

妻は喚き散らし、最近増えた女性銀行員が融資の打切りを宣告しにきたが、取るに足りないことのように思えた。

　そうした中で最初の事故が起きた。いや、本当は最初ではなかったかもしれない。公になったのが最初に過ぎなかったのだろう。

　ある賃貸マンションの風呂場で、からからに干からび骨に皮が張りついたような状態で老人が死んでいるのを、外出から戻った嫁が発見した。実際のところ、死体は水に浸かっており、少しも干からびてはいなかったが、その姿はミイラを通り越し、まさに干物だった。そして遺体の下では、赤紫色のあの原始的脊椎動物が、のたりと横たわっていた。

その後、リストラからアルコール依存症になった中年男、糖尿病の末期患者などの事故が、続々と報告されるようになる。

当然のことながら、吹き流しは新鮮な肉は消化できない。彼らが餌にするのは、屍肉か、網にかかって弱った魚だけだ。極端に体力が落ちていることに気づかず、この生き物と戯れることで餌となった人間は、腹腔深くこの生き物に頭を突っ込まれ、内臓の大半を溶かされ、しかしさしたる苦痛を訴えることもなく、むしろ恍惚とした笑みを浮かべて水中で虫の息になっていく。

現場は凄惨だが、情況が情況だけにそれは単なる不注意、高齢者や病人の腹上死と同様の不様な事故とみなされ、人々の失笑を買ったにすぎなかった。

そうした中で事故は確実に増えていった。貧困や病気、疲労や加齢で体力の衰えた男までが、一抹の危機感も抱かずに、奇妙な自信に支えられ、ペットとの交流を続けたからだ。一方で、その死に方のあまりの不様さに、事故の事実は家族によって隠されてもいた。

そうこうするうちに日本の準国営放送が「FUKINAGASHI　深海に棲む神秘の生き物と人間」という番組を製作し、この生き物とそれを愛でる人々との交流にスポットを当てた。地上波で放映されたその番組は、まもなくドキュメンタリー専門の衛星チャンネルに売られ、世界に向けて発信された。

それを境に、永らく経済の停滞している日本で起きた珍現象に、各国が注目し始めた。特にアメリカの西海岸やフロリダ、ニューメキシコなどに居住するニューエイジ系の人々が肯定的に受けとめた。

さらにアンチグローバルスタンダードを標榜する人々、一部のエコロジスト、そして暴力絶対反対の立ち場を貫く反米主義者たちが「FUKINAGASHI」を無意味な競争に駆り立てられることなく、もっとナチュラルに、能力主義を捨て、平和に生きていこうというメッセージをこめて、イコンに祭り上げた。

彼らの認識においてそれは深海に棲み、寿命がつきて沈んでくる生き物をじっと待っている平和なスカベンジャーだった。

思い込みの激しいプロデューサーの書いた台本によって、番組内で、そのように紹介されてしまったからだ。そして人とこの生き物とのおぞましい関係も、番組では巧妙に粉飾され、あたかもドルフィンスイムのように、海洋生物との交流によって人が癒されるという文脈で語られていたのだ。

リインカーネーションを説き、視線がどこかに飛んでいるような怪しげな外国人が、現代文明の限界を超越するものを求めて、日本にやってくるようになった。そして吹き流しと長く交流を持った男たちの、決して攻撃的でないプラス思考やオプティミズムに感動し、そこに物質中心の現代文明からの脱却の可能性を見た。

その一方で「吹き流し」の生態に科学的メスを入れたのは、女性の学者グループだった。オーストラリア、シンガポール、日本、マレーシア、韓国といった環太平洋の国々の女性微生物学者が、不自然でグロテスクなこの現象に冷静な危機感を抱いた。そして共同研究した結果、思わぬ危険性を発見したのだ。

彼女たちの「種を越えた生き物との性交に潜む大きな危険から人類を守れ」というメッセージは、学会誌ではなく、急遽(きゅうきょ)、各国のメディアに流された。

それによれば本来、餌の少ない深海に棲む吹き流しが唯一の糧にするのは、海中や海表面で死ぬか、泳ぐ力を失い、落ちてくる生き物の体だ。そこまではあの準国営放送が製作したドキュメンタリー番組の通りだった。違うのは、産卵期が近付くと、それだけではエネルギーを賄えなくなり、そのときに吹き流しの、極めて原始的な消化器官に生息するウィルスが動き出すというものだった。

ウィルスは吹き流しの神経系統に働きかけることで、吹き流しの動きを活発化させる。やがて深海から海面近くに上がっていった吹き流しは鯨やイルカ、トドといった大型の水棲哺乳類のヒレや鼻先のような、とにかく多少とも出っ張っている部分を飲み込むような形で吸い付く。しかし健康な状態の組織は消化できない。消化はできないままに吹き流しの消化器に接した哺乳類の皮膚からウィルスは、その体内に侵入する。

ウィルスに侵された水棲哺乳類の行動に、その直後から変化が現れる。当初は知力や運動能力が昂進するように見えるが、それは一時的なもので、まもなくその行動に奇妙な点が見られるようになる。一言で言うと、生きようとする意欲を失うのだ。活動性が鈍り、シャチなどの外敵から身を守ろうとする忌避行動が消える。あるいは餌を食べずに冷たい海深くに潜り自然死する。そうして死んだものは、体の一部分は別の生き物に食われるが、大半は残ったまま、やがてゆっくり海底まで落ちていく。特に鯨のような大型哺乳類は、一回落ちてくれれば、膨大な量の餌を海底に棲むものたちに与える。

一帯から集まってきた吹き流しがその巨大な餌の塊に群れ、一斉に頭を突っ込み肉を溶かして吸い込むのである。ウィルスは、ふたたび吹き流しの体内に戻る。

多量の栄養分を体内に取り込んだ吹き流しは、長径四センチ、短径二センチという、他の魚類などに比べても特別に大きな卵を少数産卵する。

寄主、宿主の他にいくつもの中間宿主を持つ他のウィルスや寄生虫に比べれば、彼らは極めてシンプルな繁殖サイクルしかもっていない。しかしここに人が絡むと、本来のこうした円環は、無意味なものになる。ウィルスにとっても、それを消化管内に飼っている吹き流しにとっても、人にとっても、悲劇的な結末が待っている。

下水管を通してしか大海と繋がっていない風呂場では、結局、ウィルスと吹き流しの共生的な関係は意味をなさない。

女性科学者たちの説明をテレビで聞いていた邦夫は納得してうなずいた。海の神秘だ、と感動していた。

危機感はない。最近では、身の回りのものの何にでも感動し共感できる。命あるものは死から逃れられないが、それは地球上の生命の円環にとっての終わりではない。生き物は自らの死によって新たな生命を養う。脳裏には、恬淡として死におもむき、暗い海をゆっくりと沈んでいく巨大な動物のイメージが広がっていく。その最期はきっと、澄み切った明るい悟りの境地なのだ、と思う。

「ふざけないで。もう、うちお金、ないのよ」

傍らで妻の香織が金切り声を上げている。なぜそんな些末なことで心を煩わせているのかわからない。

「家を差し押さえられたのよ……いいわよ、そういうことなら」

二時間後、引っ越し屋の四トントラックに家財道具と金目の物一切を積み込んで、妻は一人息子を連れて去って行った。

この数ヵ月で、日本の犯罪率と中高年男性の自殺率は低下した。しかしその一方で離婚率は七十パーセントを超えた。変な生き物と交わり、人格の変わった夫などと一緒に暮らしていられないのは当然だが、それ以上に八〇年代ならいざ知らず、長い不況期を体験した今、多くの女性たちにとって、夫とは経済手段以外の何者でもないのだ。得体の知れない幸福感に酔い痴れて稼ぎの無くなった男と暮らす理由はない。それだけではない。妻に殺される夫たちもいるらしい。らしいというのは憶測の域を出ないからだ。死体も弱った体も、浴槽にさえ沈めれば、証拠も残さず始末してくれるスカベンジャーがいる。

佐知子の夫雄平も、先日、そうした事故によって命を落とした。その二週間前に、勤めていた会社を解雇されて以来、妻のわめき散らす声が、近所の人々には四六時中聞こえてきていたらしい。

もっともどこの家庭もそうしたものなので、格別注目する者もいない。

脳をウィルスに乗っ取られた男が、日本中にどのくらいいるのかわからない。

それでも強い意志力を持って、この癒しをもたらす生き物を断固拒絶し、正気を保っている者はいた。彼らの献身的で迅速な対応によって、それからまもなくして吹き流しは、その捕獲、売買、飼育のすべてが禁止された。とはいえその根拠は、野生動物の保護だった。

ハクビシンやキツネのように普通の接触や食餌によって病気がうつるというならいざ知らず、感染原因が特殊過ぎ、感染症の広がりを阻止するという目的を掲げるには、説得力に欠けたのだ。

だが飼育が非合法化されても、それを隠して飼うのは容易い。それまでさえ、ガラス水槽に入れて飼っているのは水族館くらいなもので、たいていは風呂場の片隅で、ポリバケツに入れられていたのだ。

とはいえ売買が禁止され、新たな供給が絶たれると、一般家庭からは次第にそれは姿を消していった。いくら飼いやすいとはいえ、絶えず粘液を搾り取られ、消化管におかしなものを突っ込まれ、酷使されるのだ。たいていは二、三ヵ月で当初の赤紫色は褪せ、粘液を出し尽くした体は白くふやけて死んでしまう。それまでは値段の安さもあって、簡単に買い替えられたが、今度はそうはいかない。

だれもが予想したとおり、非合法化された売買はやくざのしのぎとなった。吹き流し漁でいちやく脚光を浴びた全国数ヵ所の漁村には、坊主頭、サングラス、トレーニングウェア姿の男たちが闊歩し、札束が乱れ飛ぶようになった。

その年の五月、日本列島は記録的な暑さに見舞われた。漁師町を闊歩する男たちの坊主頭は異常に強い陽射しに皮が剝け、黒いシャツの化学繊維は熱を吸収して溶け出しそうになった。そうした中で、吹き流しは品薄になっていった。

六月は空梅雨で晴天の日が続いた。関東では気温は連日四十度を記録し、奄美と沖縄のサンゴが水温上昇のために、広範囲にわたって死滅した。

その頃、伊豆や外房では漁師の網に、コバルトブルーやサルビアのように赤い熱帯魚が頻繁にかかるようになった。

しかし非合法化されたために急に高値が付くようになった、あの粘液まみれの生き物は、引き上げた底引網にはもはや一匹もかからない。

裏社会の男たちが怒鳴ろうが、脅しつけようが、札びらを切ろうが無駄だった。地元の大学の調査船が下ろした底引きネットにさえ一匹も入っていなかった。

群発地震とともにやってきた吹き流しは、水温上昇により黒潮が北上したのと同時に、日本沿岸から姿を消してしまった。

七月に入ると、関東地方は異常な暑さによる電力消費の急上昇によって大規模な停電に見舞われた。その前から日本全体を覆っていた経済活動の停滞と勤労意欲の低下によって、多くの工場や事業所で機械の稼働率が落ちていたのは不幸中の幸いだった。また節電を呼びかけたとたんに、多くのサラリーマンが、これ幸いとばかりに休暇を取った。もはやリストラを怖れて命を削ってまで働くような社員はほとんどいなくなっていたのだ。

低温流通網(コールドチェーン)の切断や断水による被害に見舞われても、無気力なオプティミズムに冒された人々はパニックに陥ることもなく、一週間に及ぶ不便な生活と食料不足を、傍らで怒鳴りまくる女房たちを尻目に、何かしら宗教めいた平穏さを持って恬淡として受け止めて乗り切った。

しかし明け方でさえ三十度を超える気温の中で、風呂場の隅に置かれた吹き流しの大半は、こうした飼い主の危機感の欠如のために死滅した。

深海潜水艇ネプチューン二号から送られてきた映像がテレビで放映されたのは、暑い夏がようやく終わり、梅雨のように雨天続きの秋を迎えた頃の事だ。

ライトに照らされているのは、あの漁師町のある湾の中央部を外洋に向かって走る海底長谷(ちょうこく)の岩壁だった。水深二千五百メートルを超えるその底部分に、あのくねくねとしたチューブのような原始的な脊椎動物がいた。白くふやけた丘のようなものが、暗い海底に横たわっている。鯨かイルカか、大きな海洋性哺乳類の死体だ。そこに無数の赤紫色の虫のようなものが、結び目を作った体をぶらぶらさせながら群がっている。

普通なら生理的嫌悪感を持って受け止められるはずの映像だった。しかし視聴者のかなりの部分が、なにやら切なく懐かしい思いに駆り立てられながらそれをみつめていた。彼らのかつてのパートナーたちは、水温や海流の変化を察知し、今度はトロール船の底引き網も届かない深海に潜っていったのだった。

人格再編

人格再編処置承諾書、麻酔承諾書、手術承諾書。

書類はすべて整っている。

二日かけた家族への説明も、ほぼ完璧だ。

「とにかくお願いします、先生。みんな先生にお任せしますからやっちゃってください」

説明を最後まで聞くのももどかしげに、中年の夫婦は幾度となく、医師の説明を遮って懇願したものだった。

「最後まで聞いてくださいね」

その都度、堀純子医師は彼らに呼びかけ、ようやく説明を貫徹させた。

患者本人への説明はなかった。説明を受けることも納得することもなく、今、ストレッチャーに乗せられ、胸、腹、足と三ヵ所をベルトで固定された患者は、病室から廊下、ナースステーションまで響きわたるような声で喚き続けている。

「おまえらみんな呪い殺してやる。おれが死んだ後、末代まで祟ってやるから覚えていろ」

堀は仰天した。歳を取ると女性まで、自分のことを「おれ」というのか、それとも地方によっては、女性も歳を取ると自分のことを「おれ」と呼び始めるところがあるのか、日本最高の頭脳を集めたと言われるN大学病院の若い脳外科医にはわからない。

「助けてくれ、ちくしょう、虐待だ」

ベルトをかけた女性看護師に向かい、患者は身をよじり唾を吐きかけた。中年の看護師は落ち着いた動作で、自分のこめかみに吐きかけられた痰混じりの唾を脱脂綿で拭う。

「おまえら、今は好きなだけおれを虐めているがいいさ。おれが死んだら、どいつもこいつも呪い殺してやる」

看護師は老女の手術着のマジックテープを剝がし肩の皮膚を露出すると、消毒薬をスプレーして、すばやく注射針を刺す。

「痛い、痛い」

絶叫が上がる。

「殺される、痛い、人殺し、だれか」

三十年ほど前まで、確かに注射は痛いものだった。しかし金属製の注射針が消え、髪の毛ほどのごく細いアクリル針に変わった今、せいぜいが蚊に刺されたくらいの刺激しかない。

それでも遠い記憶の中に生きる老女にとっては、看護師の手の中の注射器は紛れもなく痛みをもたらすもののようだった。

着換え、入浴、排泄、家族や介護士のあらゆる介助に対し、老女は「虐待だ」と声を上げる。

実際のところ高齢者虐待は頻繁に起きてはいた。そのことをマスコミが派手に報道し、自治体が監視体制を強化するに従い、介助を受ける側が多少気に入らないことがあったり、あるいは単に体に触られただけで、「虐待だ」と訴えるというのもまた日常茶飯事となっている。

患者の絶叫を乗せたままストレッチャーは廊下を運ばれ、やがて「スタッフオンリー」と書かれたドアを抜け、エレベーターに乗せられる。

注射された鎮静剤のお陰で、老女は静まり、どんよりした視線を天井あたりに漂わせている。手術室の扉が閉じられ、夫婦はガラスで仕切られた控え室に入る。長いすに腰掛け、無言のまま視線を交わした。

多臓器不全、出血多量、組織の壊死、承諾書にはいくつものリスクが記載されていた。いずれも死に直結するものだ。しかしそうしたリスクは、正直な話、問題にはならない。地獄を生きる患者本人というよりは家族にとって、死それ自体は一番手っ取り早い救いだ。

ライトの下でピンク色の手術着を身につけて老女は横たわっている。

昨日のうちにその白髪頭は看護師の手できれいにシャンプーされていた。椅子に縛り付けられ、ぬるま湯で髪を洗われている間中、彼女は「虐待だ、殺される」と叫び続けていた。そして今から三時間前にはやはり「殺される」と叫びながら、頭頂部の毛をきれいにそられた。

堀は話しかける。

「大丈夫ですよ、痛くはありませんからね、リラックスしていてください。ちょっと音がしますが、すぐに終わりますからね」

老女はぴくりとも動かない。麻酔と鎮静剤はよく効いている。

患者の耳にはごく小さなヘッドホンが差し込まれており、軽やかな長調の音楽とともに医師の言葉も流れ込んでいるはずだ。

堀は頭上からワイヤーで繫がったボールペンほどの太さのドリルを取る。鋭い音で刃が高速回転し、頭蓋骨の頭頂部に小さな穴が空いた。流れる血がふき取られ、手際よく内視鏡の先端があてがわれる。

堀は頭蓋内部に慎重に内視鏡を滑り込ませていく。

あらかじめ肩に埋め込まれたカプセルからは、脳内物質の分泌を促すための薬剤が、自動的に供給され始めた。萎縮した脳の代わりに、家族の話を元に構成された望ましい記憶を再生させるチップが、脳の内部に埋められていく。

頭蓋と萎縮した脳の間にはかなり隙間（すきま）ができており、そこに粘液がたまっている。その粘液の中を内視鏡が泳ぐように、ゆっくりと進んでいく。

技術自体は十年も前から確立されている。しかし政府の主催する倫理委員会でガイドラインが作られ、承認を受けたのはほんの二ヵ月前だ。

ときおり痙攣（けいれん）めいた泣きとも笑いともつかない表情が老女の顔に浮かぶ。

苦痛はまったく無いはずだ。ディスプレイに映し出される頭蓋の内部に目を凝らし、堀は確信に満ちた手さばきでチップを埋め込んでいく。

チップの取り扱いも、内視鏡を覗（のぞ）き込んでの脳内固定の処置も、そして家族への説明と、万一事故が起きたときの対応も、すべてに細心さ、繊細さを要求される。

右手の人差し指と親指を微妙に動かし、堀は最後のチップを側頭葉の脇に静かに置いた。

背筋を汗が伝い下りていくのをそのとき初めて意識した。

「お父さん、お母さんの老後は、私たちで見るつもりです」

若者たちからそんな言葉が聞かれるようになったのは、三十年ほど前の話だった。

介護保険制度が成熟し、施設介護から在宅介護への移行が定着した頃のことだ。戦後、一貫して進んできた、家事、育児、そして介護の外注化にようやく歯止めがかかり、家族の大切さが人々に認識され始めた時代だった。

テレビドラマも小説もエッセイも、家族の大切さ、親子の絆といったものを取り上げ、人々の支持を得た。

子育て子作り支援策もようやく効果を発揮し少子化は止まり、憲法改正と教育改革を通じて、それまでの行きすぎた個人主義の流れは大きく変わった。家族に重きを置く倫理観が国民の間に静かに浸透していった。

子供の非行や、老人の孤立といった様々な問題を生み出した核家族は急速に減少し、結婚後も親世帯と同居というのが、どこの家でもスタンダードになっていった。

実際のところ、構造不況で経済大国の地位を滑り落ち、日経平均暴落、円の急落、財政赤字、環境悪化、エネルギー危機から食糧危機まで、あらゆる災厄に見舞われた日本からは、多少の業績を上げている企業とまともな人材はほぼすべて海外に逃げ、残っているのは海外ファンドが食い散らかした企業の残骸と、海外では使い物にならない、日本に留まるしかないぼろくずのような人材だけだった。

若年層の雇用状態は悲惨を極めている。にもかかわらず見かけの失業率はさほど高くはない。はなから人生を諦めた彼らは、職を求めていないからだ。

社内の会議はもちろんのこと、打ち合わせや現場の指示がほぼ英語で行われるようになったのは、二〇二〇年代のことで、当時の企業環境が中高年にとって厳しくなったのは当然だったが、彼らは少なくとも必要に迫られれば、硬化した頭に語学教材の構文を詰めこむくらいの努力はした。スーツ姿の中高年の男女が通勤電車の中で、耳に突っ込んだイヤホンから流れてくる音声に合わせて、あたりはばからず大声でリーディングするのも、当たり前の光景になっていた。

しかしこのとき、日本に残っている若者達の多くはそもそも学習するということすら知らなかった。

日本人なのだから外国語ができないのは当然として、ルビがなくては週刊誌も読めず、二桁の足し算まではどうにかなるが、かけ算はまったくできない。

インターネットにブログは書けても、配信されるニュースや広報類を読解することはできない。

「100から7を引いてください。そこからまた7を引いて」という質問が、就職試験に出題されるようになった。

「尊敬する人は？」

「お父さんとお母さん」

企業の面接試験ではこんなやりとりが当たり前になされた。歴史的、社会的教養が欠如しているために、家族や友人、芸能人以外の固有名詞を全く知らないからだ。それでもさすがに芸能人の名前は挙げない。

そう、パーマネントアンダーと呼ばれる彼らは、学習能力はともかくとして、当時の政策のおかげで、ある意味道徳的に作り替えられていた。

長い間日本を席巻した受験教育は、もはや一部エリート家庭のものとなり、ゆとり教育が見直された後も、一般庶民が子供たちを競争に駆り立てることはなくなった。

公立学校のカリキュラムは、知育中心から徳育中心に完全にシフトしたが、その徳育の項目に「向上心」は含まれていない。ハングリー精神とは、幼い頃から鍛え抜かれ、海外を目指す富裕層の子弟が抱くものだった。

普通の若者たちは格別の野心を抱くこともなく、犯罪に走ることもなく、仕事を与えられれば、とりあえずまじめに働き、つましい生活をそれなりに楽しんでいる。

とはいえほとんどは、アルバイトか、何重にもピンハネされる派遣社員だ。昇格の機会も、意欲も、十分な収入も何もない。そんな状態でも歳になれば、異性に興味を引かれる。くっついたところで、食べてはいかれない。子供が生まれればなおさらだ。そんなとき親と一緒に住めば、住居費はいらない。アルバイトで稼ぐわずかな金であっても、家族で助け合って暮らせばなんとかしのげる。

親世代も嫁いびり、婿いびりをする精神的風土などもはやない。若いということが親世代の至上の価値観であり、稼ぎがなかろうと、かけ算九九ができなかろうと、自分たちの婚姻届の記載をするだけの漢字力さえなかろうと、親世代にとっては若いということそれ自体がまぶしい。若者の風俗であるというだけで輝かしい文化とみなされてもてはやされてきた。

どっちもどっちの新旧世代の蜜月は、すくなくとも二十年は続いた。

老いぼれだの、呆けだの、耄碌だのということばは古語として忘れ去られ、「痴呆」は論外、最近では「認知症」が差別に当たるということで、「緩穏傾向」という言葉に置き換わった。

二十世紀後半にある女流作家によって書かれた、痴呆老人介護の凄惨な実態を描いた小説は、出版禁止の上に、公立図書館の閲覧禁止図書にも指定され、インターネットでひそかに流されたものの、若者のほとんどは、その難解な漢字と文学的表現のために、理解することができなかった。

かわりに老親とともに暮らすことを、美しく意義深いこととするエッセイが数多く出版され、もてはやされ、そうした家庭を舞台にしたハートウォーミングドラマが高視聴率を上げ、ネット配信されて人気を博す。

少なくともＹ世代と呼ばれた子世代が十代後半から二十代であり、親世代が三十代の終わりからせいぜい五十になったばかりの、新しい三世代同居家庭において、「親の老後」などファンタジーに近いものだったからだ。

ひょっとすると、自分を産み、慈しみ、育て、さらには結婚後の生活をも支えてくれた両親の面倒を見るのは当然、という素朴な内的規範に従い、何が起きても受け入れるというけなげな覚悟さえあったのかもしれない。

しかし中年期にさしかかった孝行息子孝行娘たちが目の当たりにしたものは、前世紀の後半に書かれ、出版、閲覧禁止になった小説の描き出した、凄惨極まる老いの現実だった。

沈没しつつある日本社会で、成長の過程でも仕事の場でも、さしたる試練もなく、平和に、肩を寄せ合って生きてきた彼らが、初めて経験するこの世の地獄だった。

しかも優秀な頭脳が、海外に流出し、産業どころか人材と能力が空洞化した日本は、なぜか不妊治療と並んで、とりあえず死なせない、という技術だけは世界の最高峰を極めていた。

一時、どこの家でも、二十年以上寝たきりの老人を二人以上は抱えていた。もちろん長期入院患者を受け入れるような病院などないから、在宅介護である。

前世紀に喧伝されたＰＰＫ、すなわちピンピンコロリなどは、役に立たないものを排斥する強者の論理としてタブーとなった。そんなことを口にしただけで、大臣は罷免され、タレントは干され、作家はネットで叩かれその本が不買運動の標的となる。

人はどんな状態になろうと生きていることだけですばらしい、という人権活動家たちの主張は、人間の尊厳を約束する絶対的真理として、あらゆる道徳の上に君臨するものとなった。

「生きていてくれてありがとう」が、合い言葉となり、子供たちは保育園に入ると、まず、「生きていてくれてありがとう」という挨拶を教えられる。

「おはよう」「ごきげんよう」「どう、元気？」「ここんとこ、どうよ？」といった挨拶は死語となり、人々は道で会うと「生きていてくれてありがとう」と呼びかけ合う。

店員の言葉も「いらっしゃいませ、こんにちは」から「生きていてくれてありがとう」に、社長の年頭挨拶も、借金の取り立ても、「生きていてくれてありがとう」から始まる。

とはいえ、そうした生きていてくれるだけでありがたい老人たちを行政が面倒を見てくれるわけではなく、家族の負担は頂点に達した。

虐待、尊属殺人、自殺、一家心中が、爆発的に増えていった。「生きていてくれてありがとう」の結果は、ギリシャ神話さながらの、家庭内殺人だった。

それで十年ほど前から、ようやく不自然な寿命の引き延ばし処置が、禁止されるようになった。表向きは人道的理由からだが、実際のところ医療と福祉の双方から国家財政が圧迫され、もはやシステムが耐えられなくなったからだ。

超高齢者を対象に、まず、高濃度栄養点滴が、人工呼吸器が、人工透析が、胃に直接チューブを通す栄養補給が、保険対象から外された。

チューブを外された寝たきりの年寄りは、家庭から消えた。やがてその他の措置も保険対象外となって、自分で呼吸できなくなったとき、自らの口で物を咀嚼(そしゃく)し飲み下すことができなくなったときが人間の死にどき、という基準が定着した。

おかげで人生の大半を介護し、されて過ごす、という本人と家族にとっての悲劇は無くなったが、心身の不調を抱えた年寄りのメンタルな変化に対する認識と対策は、なおたち遅れている。

そもそも長老政治に象徴される年寄りの思慮深さや、日常生活に生かされた「おばあちゃんの知恵」は、人生五十年時代のものであり、八十を過ぎた高齢者にリーダーシップや高度な判断を要求するのが間違いだ。

ところがテレビや雑誌、インターネット、あらゆるメディアは、筋力知力のトレーニングに励み、仲間と語り合い、ボランティア活動に勤しみ、前向きに生きる老人たちの姿を盛んに取りあげる。

百を過ぎても新製品開発に意欲を燃やす家電メーカーの社長や、九十を過ぎてなお美肌の女王を張っている老年アイドル、さわやかな笑顔が人気の八十九歳のスポーツインストラクター、ホームレスたちの段ボールハウスに往診して彼らの命を救い続けている百二十歳のドクター「白髭」。化け物老人、聖老人ばかりが、メディアに取り上げられ、あたかもそれが一般的な高齢者であるかのように紹介される。

一方、普通の親たち祖父母たちは、年齢とともにネガティブに、頑固に、知的能力が衰えたわりには狡猾に、すべてに鈍感なくせに、自分のプライドを傷つける表現にだけは異常に鋭敏で、自分がそのとき気持ちいいか否かということだけに関心を抱く刹那的な生き物に変わっていく。

それまで仲良し家族として、貧しいながらも心豊かに暮らしてきたはずの家庭で、かつての思いやりも慈しみも実は単なる演技で、数十年に及ぶ本音はここにあるとでも言わんばかりに、家族を絶望に陥れるような言動を口にする年寄りが出てきた。

二十世紀の終わり頃までなら、人間の単なる経年変化として、もの笑いの対象になり、どうせあの世にいくまでの話さ、と受け流されてきた老人特有の人格変化にすぎないものだが、情報遮断状態で成長した脆弱にして道徳的なY世代にとっては、そうした親たちの経年変化は想像外だ。

二十一世紀の初めに盛んに作られた「棄老」施設にいる年寄りとは違い、一つ屋根の下で暮らしてきた自分たちの父母は、思いやりがあり思慮深く、かつ可愛い爺婆になると信じて疑わなかった。

いっそう頑固に狡猾になって、食と色への欲望をむき出しにして力強く生きていく自らの父や、積年の恨みつらみひがみを糧に、日々を細く長く後ろ向きに、したたかに生き延びる母の姿を、メディアで垂れ流される老人たちの姿と比較してパニックに陥り、人生のカタストロフを見る。

堀医師の許にやってきて、今回の「処置」を依頼したのも、まさにそうしたカタストロフに見舞われた娘夫婦だった。

「娘はやくざもののような亭主を家に引っ張りこむかと思えば、息子は猪(いのしし)そっくりのブス女に騙されて出て行った。死んだ亭主は、私も子供もどうでもいいような男で、何一つしてくれなかった。さんざん苦労して子供を育て上げてみれば、みんなでおれを邪険にする。こんな婆ぁ、早くくたばればいいと思っているんだ。くたばってたまるか、おまえらの勝手になんかさせてやるか、この家の財産には、指一本触れさせないからな。全部、焼いてから死んでやる。おまえら、婆ぁの相手なんかするな、と孫に教育してるんだろ。わかってるんだぞ」

十代で妊娠し、相手の男を連れて実家に転がり込んできた娘一家の面倒を見ながら、娘婿と表面上の摩擦もなく暮らし、友達付き合いも多少はあった母が、ちょっとした言葉の行き違いから、突然、わめき散らし始めたのは、娘夫婦が整えたささやかな喜寿の席でのことだった。

以来、抑制がはずれたように、老母の言動は手の付けられないものになってきた。

熱を出したときにトイレの介助をしようとすれば、通帳を入れた布のバッグを両手で胸に抱え込み、娘の手に嚙みつく。

少し精神状態の良いときは、娘と息子を相手に、父と父の親族に対する恨み言が始まる。

「あの男が死んだときは、おれぁ、こっそり赤飯食ってやったもんだ。みんな帰った後に、パック入りの赤飯買ってきて、位牌にざまあみさらせ、と唾吐きながら、食ってやった。さんざん外で食いたい物食って、やりたいことやって、最後は、水一杯飲めなくなって、死んでいった。ばち当たったんだよ」

父母の夫婦仲は、子供たちから見れば母が言うほどには、悪くはなかった。もっとも晩年、父が裸の女のホログラムを使った3Dビデオに夢中になった後は、それなりに葛藤はあったが、幸い、色呆けしてから父の命は半年しかもたず、それから間もなく入院して、自由にホログラムの女の股ぐらに首を突っ込むことはできなくなってしまった。

残された母は、さほど不幸とは言えぬ人生の中から、もっとも不幸な出来事を抽出し、その記憶を再生産し、長大な怨念のタペストリーを織り上げ、それを糧にして生きている。

父が色呆けしたのに呼応するように、母は喜寿の一件以来、欲呆けしていった。小金に執着し、通帳を見せびらかしては、これが欲しければ言うことを聞け、と子供や孫たちにどなり散らす。必死の形相で孫とおやつを取り合う。

長年つき合った友人が倒れ、半身が不自由になったときには「見ろ、こっちより良い相手と結婚したと思って、贅沢(ぜいたく)なことばっかりやったから、体を壊した。同じ歳だというのに、おれぁなんともない。金があるからって、腹ん中でこっちを見下していたんだろうけど、こうなったら、そんなものクソの役にもたちやしねえ。どれ、よたよたしている婆ぁを見て、すっきりしてくるか」と高笑いし、娘息子を絶句させた。

娘、みのりの軽自動車に乗せられ、無料の健康診断だ、と言い含められてここN大学病院にやってきた老女、木暮喜美(こぐれよしみ)の診療を行ったのは、老人外来の医師だった。

患者の脳には、当然のことながら萎縮が見られた。骨と髄膜との間に空洞ができている。とはいえ、年相応の変化と言えないこともない。

ざるに水を注ぐように記憶が残らない者、昼夜の逆転が起こり徘徊が始まる者、症状の出方は人それぞれだが、木暮喜美の場合は、様々な要素があいまって、人格というよりは人間性に変性を起こしていた。とはいえ、身体は頑健で他の病気で命を落とすには、まだ二、三十年はかかりそうだ。

「じょーだんじゃないですよ、先生」

みのりは叫んだ。

一世紀前なら、因業婆ぁと罵られながら、家庭と地域社会の中の嫌われ者としての確固たる地位と居場所を得て、長寿を全うするよくいる老人にすぎないのだが、愛と道徳に浄化された社会と家庭においては、こんな存在はあり得ないものだった。

「なんとかしてください、先生、このままじゃあたし、耐えられない。あたしだけじゃなくて、だんなだって、子供たちだって、もうぼろぼろなんです」

医師の膝にすがり、みのりは泣きわめいた。

バックライトに照らされた、すかすかな脳の立体画像、ふて腐れて診療用ベッドにひっくり返っている老女、鼻水と涙を垂らしながら恥ずかしげもなく泣きわめいている中年女。それらのものをかわりばんこに見ていた老人外来の医師は、みのりに向かい、おもむろに言った。

「まったく手段がないというわけではありません」

医師の膝に突っ伏していた中年女は、はっとしたように顔を上げた。

「まあ、とりあえず話をしてみてください」と、医師は同じN大学病院内にある堀純子医師の研究室の内線番号を押し始めた。

そのころN大学病院では画期的なプロジェクトが完成に向かって動いていた。

少し前に、ある精神疾患の治療法として試みられ、倫理的な理由から禁止された、「人格再編処置」である。

木暮喜美のようなケースは世間に普通に存在し、このままでは日本の家族制度が崩壊するという危機感が政財界を動かし、研究に携(たずさ)わった堀たちスタッフの、地道な広報活動と各機関への熱心な働きかけの結果、それはいよいよ臨床実験に移されようとしていた。

必要なのは、世界初となるその処置の被験者、何よりもその成功例となってくれる患者だけだった。

他の百名近い志願者、といっても本人が志願したのではなく家族が志願したのだが、そうした老人の中から、木暮喜美が世界初の人格再編処置の被験者として選ばれたのは、申し込み順位が早かったからではない。一刻を争うほど深刻な状態だったからでもない。深刻度においては、おおむねどこの家庭も同じだった。もちろん処置に際して家族が多額の金を支払ったからでもない。最大の理由は、木暮喜美の身体の状態が良好を通り越し、年の割には信じがたいくらいに強健で、処置に伴う様々なリスクを間違いなく回避できそうだったからだ。

内視鏡がするすると頭蓋骨にうがたれた小さな穴から引き出されていく。

堀はすばやく頭蓋と皮膚に開いた小さな穴を瞬間接着剤で閉じる。すべての処置が終わるまでわずか四十分だった。処置自体は完璧だ。

意識はあるはずなのだが、老女は眠っているように目を閉じている。

看護師が四人がかりで、老女の体をストレッチャーに移す。

「木暮さん、木暮さん」

手術室の扉を開け、外に出たところで堀は老女の名を呼んだ。

「終わりましたよ。木暮さん。大丈夫ですよ。ご気分はいかがですか」

大丈夫かどうかなどわかりはしない。「ご気分」など本人にも答えられない。

不安げな顔で、娘夫婦が老女のかさついた青白い顔を見下ろす。

老女は白く濁った目をぽっかり開けている。このまま外界の何をも認識できず、脳出血か肺炎を起こして死んでいくかもしれない。これから一時間か二時間以内に、痙攣するからっぽの胃から胃液と血を吐きながら急死するかもしれない。あるいは理由もわからないまま、心臓が停止するかもしれない。

あらゆる生命の危険が予測される。何しろ、国内でも、世界でも初めて行われる処置なのだから。

肩に埋め込まれたカプセルには薬剤の供給口があり、それが皮膚上に突き出て普段は蓋をされている。経過がよければ一ヵ月ごとにそこから薬剤が注入され、それが一定のペースで脳に供給されるはずだ。

第一回目の薬剤投与が行われる頃には、患者は、処置を受けるたびに「虐待だ」と騒ぐことはなくなっているはずだ。

翌日、老女は看護師の手を借りて、部屋にあるトイレを使った。

体力的な負担になるような手術ではないから、そうしたことも可能なのである。

看護師が脇から手を入れて体を支えても、以前のように「虐待だ」と叫ぶことはなくなっていた。

その日やってきた娘と孫に、「なんだか気持ちが良い」と呟いた。しかし娘婿に対しては、不愉快そうに無言で顔を背けた。

翌日には食事を運んできた看護師に「ありがとう」と礼の言葉を述べた。

その日の夜、病室に顔を出した娘婿は、「仕事帰りの疲れているところを悪いわね」と、ねぎらいの言葉をかけられ、腰を抜かした。

さらに翌日、孫たちを連れて見舞いに訪れた息子に対して、「こういうところに小さい子を連れてきてはいけないわ。病気がうつるのも心配だし、入院患者さんには子供嫌いの人もいるからね」と諭した。そのうえ「あなたたちの顔を見られてすごくうれしいけれど、もう来ちゃだめよ。退院したらゆっくり会いに行くからね」と、見舞いにもらった果物を一つずつ孫たちに持たせた。

処置を受ける前日、「おまえはあんな猪のような女に騙されて結婚して、ろくでもない孫ばかり作りくさった。あの女の子供じゃ、将来、ろくなものにはならないよ。どうせおれが死んだら、ここの家を乗っ取るように嫁に吹き込まれてきたんだろう」と母親に口汚く罵られた息子は、その変化に仰天し、次にはらはらと涙をこぼした。

処置後の老女の回復は、執刀した堀も戸惑うほどに順調だ。

病院のスタッフに礼節をもって接するようになり、子供と孫に対して愛情や思いやりを取り戻した木暮喜美は、一週間もすると嫁や婿、夫の兄弟親類といった、彼女の嫌いな人々に対しても、義務の愛と微笑みと礼節をもって対応し始めた。

「老人」という一般的人格に変化してしまった「木暮喜美」という一人の女性は、人格再編処置によって、再び本来の「木暮喜美」に戻った。

喜美の子供や孫たちは、処置の持つ意味と意義について、あらためて思い知らされ、感激しているはずだった。

すべてはうまく行ったはずだった。

だれにも文句のつけようがないし、疑問を抱くこともない。何にでもつっこみを入れたがる一部のジャーナリズムと、他人と他大学病院の成功を自らの失点と解し、なんとか足を引っ張ってやろうと手ぐすね引いている同業者は別にして。

だから、誰よりも感謝されてしかるべき実の娘、みのりに言いがかりをつけられるとは、堀医師は想像もしていなかった。

「おかあさん、ちょっとヘンじゃないですかぁ？」

午前の診療時間の最後に、みのりは入ってくるなり挨拶も礼もなく言った。

「ヘンというと？」

「おかあさん、呆ける前だって、あんなじゃなかったですよ」

「そうですか？」

「うちのダンナのことだって、目の前じゃあまり言わないけど、陰回ったら、けっこうボロクソ言ってたんですよぉ。お義姉（ねえ）さんのことだって、目の前にいないときは、おにいちゃんはあの女に股開かれて持っていかれたんだとか言ってたのに、ぴたりと止まってしまったんです」

「はいはい」

軽い相づちと裏腹に、堀の頭の中で黄色のランプが点滅し始めた。

「おにいちゃんが子供たちを病院に連れて行ったときだって、おかあさんなら、『入院患者さんには子供嫌いの人もいる』なんて言わないですよ。『同じ部屋の人に、うるさいって文句言われるのはまっぴらだ。看護師に告げ口なんかされるのはもっと困る』とか言うはずなのに」

重ねた掌がじっとり汗ばんでくるのを堀は感じる。この女の知性を見くびっていたが、こと家族に関しては、生理的な鋭さを発揮するようだ。

「だって顔まで変わってませんか？」

畳みかけるようにみのりは言った。

「顔、ですか？」

「なんというか、おかあさんの、手術前の、もっと前の写真見たって、あんな顔じゃなくて、えぇと、たとえば、もっとブルドッグみたいな顔してたんです」

「ブルドッグですか」

「だからこんな顔」とみのりは猫背にして顎を突き出し、三白眼で堀を見上げて見せた。さらに下唇を突き出し、口元をへの字にする。

「だからそういうことじゃありませんか」

堀は軽やかに笑った。

「あなたは今、意識してご自分の顔をお作りになったでしょう。外科手術ばかりが人の顔を変えるわけじゃないんですよ。私たちが生まれる前に、『人は見た目が９割』っていう本が、ベストセラーになったのですが、なぜ、人は見た目が九割か、というと、外見は中身を映す鏡だからです。心の有り様によっては人はブルドッグにもなれれば、上品で元気なすてきなエルダーマザーにもなれるのですから」

堀は、コンピューターのキーを叩く。ディスプレイに木暮喜美の脳の三次元電子画像が浮かび上がった。

「お母様の肩にはカプセルが埋め込まれてましてね、それから神経伝達物質が自動的に脳に供給されているんです。それと血流を回復させる内服薬の効果が相まって、脳は正常に機能するようになっているんです。それがうまく働けば、木暮さんは元々持っていた潜在的な能力が発揮できて、その知性や意欲が、容貌を変えていくのです。いえ、変えたのではなく、それがお母様の本来のお顔なのです。たとえば目は外から見ることのできる脳の一部ですから、知的能力は目の輝きに現れるでしょう。生きる意欲は、姿勢と顔の筋肉全体に影響を与えます。下がっていた口角は上がるし、頬だってきゅっと引き締まって、別人になってしまうのです」

「でも……やっぱり違うかもしれない」

みのりは堀の顔を見ずに言った。

「確かに、おかあさんなんですけど、何か他の人がおかあさんの皮を被っているみたいで、あれってホントにおかあさんなんですか？」

「もちろん。他のどなただとお思いなんですか」

堀医師の背筋を冷たい汗が流れ始める。

いい歳をして自分の母親のことを他人との会話の中で「おかーさん」と呼ぶような女に、こんな形で追及されるとは……。

「お母様は、手術前の困ったお母様からみなが尊敬できるようなエルダーマザーになられた、それで何かお困りのことがあるのですか？」

「でも、変です」

みのりは、ぶすりとした顔で立ち上がると、礼の言葉もなく診療室を出て行く。

ドアが閉まった瞬間、堀の全身から生ぬるい汗が噴き出した。

だいたい、神経伝達物質や血流だけであれほど劇的な回復が見られるはずはない。

いや、あれは回復ではない。人格の再構成だ。

カギは、神経伝達物質や血流ではなく、脳内に埋め込んだチップだ。

堀は自分の手に視線を落とす。

マニキュアのない、細く白い指。この繊細な指先で、内視鏡とレバーを操って、脳内にチップを埋め込んでいく。

いくら頭が良くたって、指毛の生えたごつくて不器用な手では、あんなミクロン単位の仕事はできないだろう、と同僚の医師たちの顔を思い浮かべる。いくら器用だって、歳がいって指先の細かなコントロールが利かなくなったらできない、と先輩の五十がらみの女医のことを思う。

こんな芸当ができるのは、世界でも私の他に、二、三人いるかどうか……。

隙間だらけの失われた脳みその代わりをするのは、本人の記憶と行動パターンを書き込んだチップだ。その場合には必ず患者本人のものを使え、というのが、学会の倫理委員会で決定したガイドラインだった。

しかし、と堀は考えたのだった。

今回は、人格再編処置の第一号だ。その手術で堀純子は輝かしい実績を上げなければならなかった。

もし今回の処置が、世間の注目を集め医学界で大きく取りあげられなければ、自分の地位は、大学病院のただの勤務医だ。無能な教授、先輩医師どもの下働きで何十年も過ごしているうちに、自分の黄金の指先が朽ちてゆく。そんなことがあってはならない。

もし木暮喜美に、本人の人格記憶情報から構成されたチップを埋め込めば、呆ける前の本人に戻るだけだ。

それでは意味がない、と堀は考えた。

今後、木暮喜美には記者会見が待っている。

処置前のビデオ、汚れたプードルのような髪を振り乱し、三白眼でカメラをにらみつけながら、肩をすぼめて座っている老婆が、処置後に普通のおばさんの知性と性格を取り戻したところで、さしたるインパクトはない。

患者は子供向けファンタジー映画に登場するような、徳と知恵を兼ね備えた長老に生まれ変わってくれなくては意味がないのだ。

幸いN大学病院の神経生理学研究室には、人格者とうたわれ、多くの人々に敬われながら高齢で亡くなった人々の記憶や思考パターンを写し込んだファイルが、保管されている。

世界のトップシークレットの一つである、「人格バンク」だ。

女性では、八十を過ぎても、国連機関の長として活躍した日本人や、発展途上国の人々の福祉向上のために尽力したカトリックの尼僧のものもある。

堀は、そうしたサンプルの複数の人格から、言語行動情動に関する部分を慎重に取り出し、ブレンドした。

注意すべきは、それらの中に他人の記憶情報が混じらないようにすることだ。

うっかり混入したりすると、術後の患者は、前世の記憶だの、のりうつりだのとオカルティックな発言をし、やっかいなことになる。

堀の細心な処理によって理想的なチップを埋め込まれた喜美は、因業婆ぁから、思慮深く、知恵と慈愛で未熟なものたちを包み込むグランドマザーとなって再生した。

しかし他人の人格を移植してしまったことは倫理規定に抵触するだけでなく、本人や家族の同意がないのであるから犯罪行為になる。何があっても表沙汰にはできない。

木暮喜美は、あくまで単に失われた記憶を再構成し、思考回路を補強され、元の人格に戻っただけ。そういうことになっている。

もちろん記憶は本人のものだから、自我意識に変化は生じない。サリーだの、ビリーだの、ミリガンだのという他人格が現れることはないし、突然、ラテン語で悪態をつく、といったことも起こらない。

「私」は「私」のまま、自覚できるのは気分的な変化だけだ。

にもかかわらず、娘のみのりは気づいてしまった。

頭は悪いくせに、勘だけいい。

堀は歯ぎしりした。

二週間後、N大学病院の大会議室に世界各国から記者が詰めかけた。

ライトをまばゆく跳ね返す金屏風の前に、色留め袖姿の木暮喜美がしずしずと現れた。

「残暑の頃、わたくしは絶望の淵におりました。この世のすべてが、わたくしに敵意をもって、わたくしをいじめる、そんな荒んだ気持ちで、ここに運ばれてきたのでございます」

老女はしゃべり始める。これでは記者会見ではない。講演だ。それもそうとうにレベルの高い。

人格再編処置によって自分の人生は変わった。自分の硬く朽ちて感謝を忘れた心は、ここの医師やスタッフのお陰で、以前の感性を取り戻すことができた。

今は毎日が本当に生き生きと輝いて見える。とはいえ自分はすでに八十を過ぎた老人だ。残された時間は少ない。その貴重な時間を、ぜひ、以前の自分と同様に、老いに苦しむ人々と社会のために捧げたい。自らが小さな蠟燭となって、命が尽きるその日まで、社会の一隅を照らし続けたい。医学の発展はすばらしく、執刀に当たった堀純子先生とスタッフの皆様方に心から感謝している。

そんな内容の長い挨拶が終わった後、何か批判的なコメントをしてやろうと待ちかまえていた記者たちは、言葉を失った。

後はしどろもどろのおざなりな質問が出ただけだった。

感動に包まれた場内で、一番後ろの席に座っているみのりだけが、口をへの字にして首を傾げている。

それから一ヵ月もした頃、みのりは再び堀の許にやってきた。

「うちのおかあさんって、絶対、変ですよぉ、先生」

みのりは訴える。

堀は時計を見る。あの記者会見で一気に名前を揚げた堀は今や時の人だ。

テレビやインターネット配信会社のインタビューがこの後、何本も入っている。

「何が変なのかわかりませんが、お母様本人がいらっしゃらないことには」

「いません」とみのりは遮った。

「バングラデシュに行っちゃったんです」

「はあ？　バングラ？　何しに」

「なんか知らないけど、子供たちのためにワクチンをどうこうとか、ミルクをどうこうとか」

堀は絶句した。

合成した人格情報のサンプルを思い出す。

八十をとうに過ぎて難民キャンプを何度も訪れていた、ある国連機関の長。

九十間近になってもインドのスラムで捨てられた子供たちの世話を続け、ノーベル平和賞を受賞した尼僧。

果敢に紛争地に足を踏み入れ子供たちを地雷から守れという運動を繰り広げた、昭和一桁生まれの有名作家。

ごく最近百二歳で亡くなったばかりだが、やはり途上国の子供の福祉のために尽力したかつての歌手兼タレント。

彼女たちのうち、だれの人格が強く出ても、そうした行動に出ることは予測できた。

しかし高い使命感は帯びていても、喜美の体は八十二歳だ。高温多湿の不潔な環境に耐えられるとは思えない。栄光の中で何かの熱病で命を落とす日もそう遠くはない。

そうなるまで、このみのりという女が、あちこちで「おかーさん、前のおかーさんと違う人になっちゃったんですぅ」などと触れ回らないでくれると良いが……。

「頭皮には大した傷は残っていませんが、ご本人にとっては大手術だったのですよ。人生観が変わるということは、ありえます」

堀は必死で言い訳する。

「ふうん」

以前の喜美そっくりの三白眼で、みのりは堀医師を見上げた。

あんたが何言ってるのか、私にはわからないけど、ごまかしてるのだけはわかるんだよね。

その眼はそう語っていた。

みのりが出ていったとたんに、堀の体はがたがたと震えだした。

な、何が悪いのよ、とつぶやいていた。

以前のおばさんに戻ればよかった、と言うの？　そうよね、彼女にとってのおかーさんは、世界でたった一人しかいないんだから。

だからと言って……。

休憩室に入った堀は、そこのテレビから流れてくるアナウンスにぎくりとして振り返った。

画面にはあの、木暮喜美が映っていた。長袖シャツにズボンという出で立ちで、汚れた子供を抱いている。手術後の記者会見で著名文化人となった木暮喜美は、今は、途上国の子供たちのグランドマザーになりつつある。

画面は次の瞬間切り替わった。堀はあっ、と声を上げた。

キャスターは白いジャケットを着た黒人女性だ。ニュースはＣＮＮだった。木暮喜美は世界の注目を集めていたのだ。

数分後に始まった堀のインタビューでは、記者の質問は、木暮喜美の以前の低所得世帯の主婦生活と、現在の聖女のような活躍ぶりとの対比についてだった。

「以前の木暮さんの私生活について、近所の方におうかがいしたのですが、とうてい外国なんかに行くような人じゃなかった。近所の人には親切だけど、名前も知らない赤の他人の事なんかどうでもいい、そんなものに寄付する金があったら、あたしがもらいたい、世界のどこかのストリートチルドレンが飢え死にするより、うちの孫が風邪ひく方がよほどたいへんだ、と公言していたというくらいだから、人格にも変化が生じたように見受けられるのですが」

人格にも変化が、というところで記者は、探るように薄笑いを浮かべた。

早く死んでくれ。聖女扱いされているんだから、解剖されることはないだろう。ばれる前に、赤痢でもマラリアでもデング熱でもいいから、早く死んでしまってくれ。

その瞬間、堀は本気でそう願った。

「頭皮には大した傷は残っていませんが、ご本人にとっては大手術だったのですよ。人生観が変わるということは、ありえますよ。そうしたことが傍(はた)からは、あたかも人格が変わったように見えるのです」

馬鹿の一つ覚えのような答えをメディアの取材で、堀は繰り返す。

しかし熱帯性の感染症にやられる前に、別の危機が喜美を襲った。現地のテロリストに誘拐されたのだ。犯人はイスラム原理主義者だ、いや反政府勢力に間違いない、最近国内で勢力を拡張している麻薬組織だと憶測による情報が飛び交い、やがて単なる身代金目的の山賊であることが判明した。

提示された金は、七十万タカ、円は果てしなく下落していたがそれでもわずか三百万円ほどだ。

「えー、冗談じゃないよ、うち、そんなお金あるわけないじゃん。だからそんな国に行くなって言ったのに。こんななるくらいなら因業婆ぁのまんまの方がまだよかったよ」

ニュースショーでは、カメラの前で、パニックになったみのりが叫んでいた。

「失礼ですが、身代金は日本国政府に対して要求されたのですよね」

記者が確認するように言う。

「えー、そうなんですか」

ほっとしたようにみのりとその隣にいる喜美の長男の表情が緩む。

しかし現地政府は、日本国政府が勝手に山賊と交渉し、安易に身代金を支払うことは許可しなかった。

ゼニカネの問題ではない。今回はただの山賊だから良いが、そんな前例を作ったら、同じことが次には反政府勢力によって行われる。つまりは敵に手っ取り早く闘争資金を集める手段を与えるようなものだからだ。

解決の行方に世界中が注目している。

しかしこれは喜美の危機であると同時に、N大学病院の危機でもあった。

N大学で開発した「人格再編処置」には、山のような特許が絡んでいる。木暮喜美の頭の中というのは、実は、最新鋭のイージス艦か、ジェット旅客機のような、最先端技術の集積なのである。

喜美が拘束された、というニュースが流れたとたんに、無数の組織といくつかの国が、喜美奪還を画策し始めた。その目的は一つだ。自分のところに持っていって調べるためだ。場合によっては解体して。

外務大臣が現地に飛ぶより早く、N大学病院は身代金以上のギャラを払って、凄腕のアメリカ人ネゴシエーターを雇った。

ネゴシエーターは、即、山賊相手に水面下の交渉を始めた。交渉は極めてスムーズに進められ、しかも彼は身代金を八割まで値切った上で喜美を解放させた。何より肝心なのは、身代金を払ったことを両国政府にも、世界にも秘密にしたことだ。値切った二割を彼が自分の懐に入れたことは言うまでもない。

山賊は、ネゴシエーターに指示された通りの声明を世界に向けて発表した。

「自分たちは義賊である。だから我が国民を抑圧、搾取する外国人をもっぱら標的にしてきたが、今回は、あやまりを犯した。今回誘拐した日本人女性は、我が国の子供たちの健康と福祉のために、働いている聖女だった。そのことが判明したので、解放する。もちろん身代金は、一タカももらっていない」

事件は発生から十一時間で解決した。

解放された喜美は、再び村に戻り活動を続けたい、と希望したが、N大学病院は強制的に連れ戻した。

表向きは健康診断のためだ。事件で被ったストレスのために本人が気づかぬうちに、障害が出ているかもしれないから、という理由は、世間を納得させるには十分だ。

ヘリコプターで成田空港から直接N大学病院に運ばれた木暮喜美は、埋め込んだチップの一部が機能低下している、という理由で簡単なケアを受けることになった。

もちろん機能低下しているチップなどない。また簡単なケアではなく、彼女はもう一度、頭蓋に穴を開けられることになったのだ。

完璧なコンディションで手術室に入った堀純子は、再び、内視鏡を覗き込む。

前回突っ込んだチップを慎重に取り除き、新たなチップを埋め込む。

喜美の行動は目立ち過ぎた。

家族が望むおばあちゃんや、世間一般が期待する高齢女性は、けしてマザー・テレサや緒方貞子ではない。

かといって「因業婆ぁ」では困る。

星六つのゴージャスな人間性を喜ぶのは無責任なマスコミだけで、家族にとっては、自分と身内だけを大切にしてくれる偏狭な愛こそがうれしい。

ドラマや三流小説と違い、実際の人間は、いいやつ、わるいやつ、冷たい人、温かい人、残酷な人、優しい人、などという「キャラクター」に分類はできない。状況と立場によって、人は仏にもなれば鬼にもなる。無抵抗な市民の頭上にバンカーバスターを落とす軍人も、娘を前にすれば、この上なく優しいパパだ。だれでも一生の内の、限られた場面では、聖人のような崇高な精神状態になることはあるし、溢(あふ)れるような愛情や忍耐強さやさまざまな美徳を見せてもくれる。

今回は「木暮喜美」その人の、最良の環境における最良の反応パターンを抽出したチップを埋め込んだ。堀の手際は今回も完璧だった。体にもほとんど負担がかからず、前回同様、木暮喜美は、二週間後、病院の会議室に集まった記者団の前に姿を現した。

「私が不注意なばかりに、皆様にはすっかりご心配かけてしまいまして、お詫びの申し上げようもございません」

喜美はそう挨拶したが、前回のようなスピーチはなかった。謙虚な物言いとしぐさは、日本人記者には好感を持って受け入れられたが、外国人記者には「疲れとショッキングな体験によって、思考が内向きになっているようだ」とコメントされた。

退院した木暮は、もうバングラデシュに行くとは言わなかった。その他のアジア地域にも、南米にも、アフリカにも、行くとは言わない。

貧困、自然破壊、戦争といった話題自体に興味を失い、他人の子供や地球環境より身内の心配、という発想になっていたが、家族にとって問題はない。むしろできすぎなくらいだ。しかもだれにも違和感を抱かせなかった。

家に戻った喜美は、まず両親と夫の墓参りをすませた。家族や親類にとって、これは他国の子供やスラムの住人の面倒を見ることより、遥かに道徳的な行為だった。

次に喜美は、男に振られて自暴自棄に陥っていた孫に会った。みのりの兄の長女で、相手の男は派遣先の会社の正社員で、しかも所帯持ちだった。振られた前日、彼女は派遣会社をクビになっており、その日も昼間から自宅に引きこもって酒を飲んでクダを巻いていた。喜美は、その彼女のアパートを訪れ、「うるせえくそばばぁ」という罵声にもめげず、驚異的な根気強さでその話に耳を傾け、最大限の共感を示すことで、孫を絶望の淵から救い出した。

会社を二十四回解雇されたみのりの夫の、世間一般に対する恨み節についても同様の根気強さで聞き、一言の説教もなく励まし続け、二十五回目の再就職を達成させた。

倒れた友人の見舞いにも行き、「まあ、人生悪いことばかりじゃないんだからさ、早く良くなって一緒に温泉行こうよ」と、以前の喜美そのものの言葉で励ます。

木暮喜美の行動の一部始終はN大学の神経生理学研究室スタッフによって記録され、堀純子の論文によって世界に紹介された。以前の人格情報チップが入っていたときほどは、外国メディアによって取り上げられることはなかったが、むしろそれは日本の普通の家庭に、より現実的な指針を与えた。

半年もしないうちに、人格再編処置は一般的な医療として受け入れられた。

一年後には、医療費抑制や犯罪防止にも貢献するとの認識が広まり、医療保険の対象となり、生活の質を高める画期的な治療法として全国の脳外科で定着した。

ただし脳外科医のだれもが堀純子ほど手先が器用ではなかったので、二ヵ月後に、大手精密機械メーカーが手ぶれ防止装置を開発するまでは、多くの失敗例が出た。

そのうちに世の親の中には、出来の悪い娘息子にこうした処置を施そうとする者が現れたが、それは禁止された。とはいえ高額の費用を払い、闇でそうした処置が行われたことは言うまでもない。

自室で少女を飼ったり、近所の猫を殺して回ったり、体が性病の巣になっても挨拶代わりに性交することを止められない若者が、ある日、室内に突入した武装看護師に麻酔薬を注射され、棺桶型のベッドに入れられて病院に運ばれる。近所の人々や親類には、二週間ほど海外に行く、ということにしてある。そしてはればれとした顔で退院してきた彼らは、親から言い含められた通りに世間に説明する。たとえば、「インドに行って、人生が変わった」などと。

木暮喜美はそれから七年後に死んだ。肺気腫だった。

酸素ボンベは付けたが、人工栄養の類(たぐい)はなく、木が枯れるようにやせ細り、干からびてごく自然に息を引き取った。数十年に及ぶ寝たきり状態を作り出す延命治療は、すでに過去のものになって久しく、喜美はさしたる苦痛を訴えることもなく、最期の時を迎えた。

だれにも恨み言を吐かず、病院スタッフにねぎらいと感謝の言葉をかけた。

臨終間近と知らされて集まった家族や親類は、帰りの電車の時刻を気にしたり、葬儀屋や相続のために弁護士の手配をしたり、「おにいちゃん、おかあさんの生活費、出してなかったよね」とさり気なく牽制(けんせい)しあったり、ということは一切なかった。

「おばあちゃん、死んじゃいやだ」「がんばって、元気になって、お願いだから」とその枕元に跪(ひざまず)いて懇願する様は、一世紀前のテレビドラマによくあった、リアリティをことさら排除した臨終シーンそのままだった。

老女は、ゆるゆると目を開き、孫と子供たちを眺めた。そして小さな声で言った。

「みんなには世話になったね。あたしが死んだら、あの世から守ってあげるからね、幸せに生きていきなさい」

次の瞬間、息が乱れ、その手がばたりとベッドの脇に落ちた。

「おばあちゃん」と家族は悲鳴のような声を上げた。後は一世紀前のドラマ同様に、ベッドの上に身を伏せて、みんなで号泣した。


思慮に富み、思いやり深い長老の死と、愛情に満ちあふれた家族。人格再編処置はまさに理想の老後と真の尊厳死を日本の家庭と社会に実現したはずだった。しかし木暮喜美の国内最初の処置の後、二十年ほどでそれは再び禁止されることになった。

まさに万物の霊長にふさわしい品格を備えた老人たちの出現について、本人のものとはいえ人格移植に変わりなく、人間のアイデンティティーを揺るがすものだ、として倫理的、哲学的な批判が巻き起こったわけではない。

実は、知的能力も人格も損なわれていない立派な老人の出現は、自然な世代交代と相容れないものだということがやがて判明したからだ。

木暮喜美が亡くなった後、残された家族は、しばらく互いの悲しみを慰め合いながら身を寄せ合うように暮らしていた。しかし新盆が過ぎた頃、女子高校生のひ孫がぐれて家出し、行方不明になった。どうやら楽できれいなアルバイト先があると騙され、風俗嬢として中国の杭州あたりに売られたらしい。

娘のみのりが後を追うように病死したのは、悲嘆のあまりのストレス死だった。

子供が若ければ、思いやり深く優しい母の死も一周忌を終えた頃には乗り越えられ、深い悲しみも癒える。しかし六十を過ぎた娘にはもはや大切な人を失った悲しみを乗り越え、美しい思い出を大切に自分の人生を生きていくだけの気力は残っていなかった。初七日に倒れ、寝たり起きたりしていたが、一周忌を終えた翌朝、寝床の中で冷たくなっていた。

　みのりの夫は、理由も行き先も告げずに家を出た。

　三十代の孫たちの何組かは離婚した。

　人格者である父母、祖父母が、死の間際まで家族を慈しみ、死んでいく。しかも無用の延命措置はなされないから、長患いして家族に負担をかけることもない。

　ほんの少し前まで、家族とともに食卓を囲み、彼らの心の支えとなって生きていた立派な年寄りが、どうにもならない身体的疾患を抱えたとき、最後まで恨みを言うこともなく、人間としての卑しさを見せつけることもなく、感謝の言葉とともにこの世を去っていく。

　家族は大きな喪失感に苛（さいな）まれ、一家の柱を失ったものたちは悲しみと混乱の底につき落とされる。

　介護の負担さえなく死んでいくから、家族は葬式を出した後の解放感を味わうこともない。

　キレる若者を道徳と家族主義で抑え込み、次に耄碌因業老人たちを最先端の医療技術で人格改造してみれば、今度は中高年から若者の間に、あたかも末法の世に生きているかのような悲嘆の気分が広がってきたのである。

　知恵と立派な人格を備えた長老がいつまでものさばっていてはならなかった。親世代に複雑な問題の解決を委（ゆだ）ね、彼らの包容力によって悲しみや苦しみから遠ざけられていた子や孫たちは、現実的な試練を経て成長する機会を失った。

　七回忌を終えても立ち直れず、永遠の喪に服しているような静かな悲嘆の空気が家族を覆う。その中で自暴自棄になるもの、先祖供養に没頭して現在と未来に目を向けることができないものが、木暮家以外でも続出したのだった。

喜美の処置を行った若き脳外科医、堀純子もすでに中年に入った。

彼女の両親も心身ともに弱り始めた。性格は、疑り深く、後ろ向きになった。記憶が衰えたことを嘘をついてごまかすようになり、始終、娘を苛立たせ、親類や近所の人々を相手にしばしばトラブルを起こすようになった。しかし堀は、かつて彼女が手がけた処置を親にほどこしたいとは思わない。

親に立派なまま年老いられたら、次世代は成長することができない。かつて彼らを包み、慈しみ育てたものたちは、老いることでゆっくり、若い世代に別れを告げていく。

子供世代は、自らの親の壊れていく人格に衝撃を受けながら、緩慢な死をそこに見る。多くの葛藤の挙げ句、その人格的死を受け入れて、今、自分の過ごしている時間の輝かしさを知る。

老人という人格も、世代交代に際して、それなりに意味があったのだ、と堀は気づき始めている。

壊れ、うとまれ、無数のストレスと失望と、ときには絶望さえ子供たちに味わわせることで、彼らは、人に寿命があることを知らせ、日常生活と死が連続したものであることを認識させていたのだ。

その心臓が止まったとき、見送った家族に純然たる悲嘆ではなく、ようやく終わったという解放感がもたらされるからこそ、次の世代が再生していく余地が残される。

立派な老親などいらない。老いと死の実相を見せつけ、若さや人生のはかなさ、万物は一所に留まらず移り変わっていくことを教えるのが、老親の役目だと堀は気づいた。

書斎の窓の外から地響きが聞こえてくる。市の清掃局の車がやってきた。

隣家では昨日、葬儀が行われた。

ゴム手袋をした職員が三人、車から下りてくる。

息子と嫁が手伝って、亡くなった老母の使っていた茶碗や杖（つえ）、服、入れ歯、ファスナー付きの靴、ポータブルトイレまで、一緒くたにしてトラックの荷台に放り込む。

ひとしきり、ローターの歯がそれらの物を無造作に噛み砕く金属音を響かせた後、トラックは走り去っていった。

まもなく家族はきれいになった室内をガラスのオブジェや、レースのカバーで飾り始め、ベランダや垣根には、たくさんの鉢植えの花がかけられ、甘い香りを近所に漂わせることになるだろう。

クラウディア

「おまえの頭ん中ぁ、始めからそれっきゃないんだろうよ。そんなにしたけりゃこれとでもやってろ」

孝純（たかずみ）は、ワインのボトルを放った。仕事を終えて帰ってくる直美のために、数時間前から冷蔵庫で冷やしておいたものだった。

ふてくされたようにクッションの上に胡坐（あぐら）をかいていた直美が、それを両手でひょいと受けとめ、小さく鼻を鳴らして横を向いた。

「頭ん中、それっきゃなかった」のは、自分の方だった、と、怒鳴りながらも奇妙に冷静に孝純は考えていた。それしかない自分に、それができなくなったら、いったいどうすればいいのだろう……。

「精神的なものだよ、君。何を焦ってるんだね」と整形外科医は言った。

断じて違う、と孝純は訴えた。首は相変わらず痛い。四六時中続く鈍い頭痛は、日に二、三回、震えと吐き気がくるほどの疼痛（とうつう）に変わる。

そして何をどうしても、肝心のものが立たない……。

脊髄（せきずい）をやられたに違いない、と孝純は医師に訴えた。始めの二、三回は若い医師がレントゲン写真を見せながら、丁寧な説明をしてくれた。しかし孝純が納得しないと次に大先生（おおせんせい）と呼ばれているひどく尊大な父親の方が出てきて、孝純の脊髄云々の言葉に「診断するのは医者であって、君じゃない」と叱責するように答え、彼を診療室から追い払った。

そして損害保険会社の調査員も、彼の症状を自動車事故の後遺症であるとは一切認めなかった。

頭痛はもちろん辛い。しかしもう一つの方の障害は、彼にとって生活の手段が絶たれたことを意味する。

半年前までは他の生活手段があった。

彼、岡本孝純は著名な写真家の事務所に所属し、ファッション写真を撮っていた。事務所で支払われる給料はさほど高額ではなかったが生活はそこそこ安定していたし、女性アシスタントや無名のモデルたちとの交際もあった。

孝純は、格別、美男というわけではない。額と顎（あご）の張ったごつい顔立ちに加え、背丈の割りにがっしりした体の彼は、女性たちの間で人気を博すというタイプではない。にもかかわらず、妙な自信があった。

「男前の男っていうのはね、あっちの方がよくないんだよ。ま、話がそこそこ面白くて、あっちがいいっていうのが、女にもてるコツなんだな」

そんなことを真っ昼間からしらふで吹聴（ふいちょう）し、仲間内で顰蹙（ひんしゅく）を買ったりもしていたし、事実、相手を選ばなければ、女に不自由はしなかった。

すべての間違いは、三十五の誕生日を迎えた昨年の夏、独立を決意したことから始まった。

不況のただ中で、アパレル業界も出版界も青息吐息の時期だということを知らなかったわけではない。しかし一回あたり、数十万から百万のギャラの払われるCM写真の撮影に、一日に二回も駆り出されながら、その収入の大半を事務所に吸い上げられ、自分の手にはわずかな給料しか渡らないということに、美大卒業後十三年のキャリアを持つ彼は耐えられなかったのだ。

どうにかなるだろう、という思いがあった。しかし甘かった。長引く不況の中で、広告会社のくれる一件数十万の仕事は軒並み減っていた。しかも数少ない仕事を独立したばかりの無名のカメラマンになど回してくれるはずもなかったのだ。

事務所の保証金や家賃、高額のストロボを含めた器材購入費など、あわせて一千万の借金を返すメドもないまま、さらに利息が積み重なっていった。独立四ヵ月目には、早くも事務所兼住居を追い出され、以前一緒に仕事をしたことのあるスタイリストの直美の許に転がり込んだ。

モデルたちと違い、直美は決して若くはないし、美しくもない。だからこそ食い詰めたカメラマンを黙って家に置いて、小遣い銭までくれたのだった。

ひとことで言えば、ヒモだ。食事を作り、洗濯、掃除をするのは、この年まで独り身できた孝純にとって苦ではなかった。その他には直美の飼っているアフガンハウンド、クラウディアの世話がある。とりわけ重要なのは、肉体労働であるスタイリストとしての仕事を終えて帰ってくる直美の身体と精神をほぐしてやること、と彼は心得ていた。

生活費と小遣いに関しては、確かに直美の世話にはなっていた。しかし借金まで肩代わりしてもらったわけではない。返済が滞っているうちに、他から借りては返すようになり、気がついたら闇金融からの借金が二千万に膨れ上がっていた。

当たり屋をして保険金で返せ、と言ってきたのは、彼が最後に借りた金融業者だった。お膳立てはすべて整っていた。

ある日の夕暮、自分のスカイラインに乗った孝純は、背後の白いベンツが車間を詰めてくるのを見計らい、サイドブレーキを引いた。

想像した以上の衝撃があった。十分過ぎるくらい痛い思いもした。にもかかわらず、入念な調査の結果、ほとんど保険金は下りなかった。しかも彼には医者も認めてくれない、ひどい後遺症が残ったのだ。

痛む頭を抱えてテレビなど見ている彼を直美は足蹴にする。台所でめまいに耐えながら作った料理を一瞥し、「食べてくるから、いらないって言ったでしょ。この材料費だってだれが稼いでくるもんだと思ってるの」と怒鳴る。

怒鳴る女主人をアフガンハウンドは漆黒の瞳でじっと見ている。

「この頭痛は、他人にはわからないよ」というのが、孝純の口癖になった。しかし直美は鼻先で笑う。かいがいしく風呂などわかしてやっても、ワインを用意して待っててやっても、家に戻ってきた直美の眉間には皺が二本くっきりと刻まれたままだ。

「結局、立たない男なんか、もう用済みってことだろ。はっきり言えよ」

押し殺した声で孝純は言った。

「すぐその問題に置き換えるのね」

直美は唇の端を歪めてうっすらと笑う。

「やるのやらないの、何回できるの、何回いかせたの、それが唯一のあんたの自慢だったもんね。それが男女の関係だと思ってたわけよね」

「ちがうのか?」

「そういうところがいやなのよ」

直美はいきなり声を張り上げた。

「出ていって」

「やだね」

孝純はその場に胡坐をかいた。

「さんざん、俺の下で腰振って泣いていたのはだれだ。泊まっていってくれって頭下げて頼んだのは、だれだっけ？」

「出ていって」

マンションの隣の部屋まで筒抜けになりそうな声で、直美はもう一度怒鳴った。

「あんたの顔を見ているのがいやなの。あんたの視線がいやなの。仕事を探してくるわけでもなし、出ていくでもなし、ずるずると人の部屋に居座って。人の顔さえ見れば、雄犬みたいにのしかかってきたのは、あんたの方じゃないの。鬱陶しいのよ、あんたの顔が、あんたの息が、そばにいられるだけで嫌なのよ」

「冗談じゃねえよ」

孝純は腕組みした。

「そんな勝手な理屈があるものか。なんで俺が追い出されなけりゃならないんだ」

「クラウディア」

直美は鋭い声で犬を呼んだ。

アフガンハウンドは、すらりと立ち上がった。

「こいつを追い出しなさい」

クラウディアという雌犬は、主人を見上げた。

「ゴー！」

直美は命令をくだした。

　長い四肢、絹を思わせるさらさらと艶(つや)やかな長い毛。ほっそりした顔。クラウディアとは、スーパーモデル、クラウディア・シファーになぞらえて直美が名付けた。その優雅な姿からは想像できないことだが、アフガンハウンドは狩猟犬だ。ゲリラは軍用犬としても使う。乾いた岩だらけの大地を疾走し、長く鋭い牙で敵を倒す。

「ゴー」と命令されたきり、しかしクラウディアは不思議そうな顔で直美を見上げているばかりだ。

「聞こえないの？　こいつを追い出しなさい」

　直美は叫ぶ。

　クラウディアは、頭のてっぺんで二つに分かれ、床まで流れている冠毛(かんもう)をさらりとひとふりすると、こそこそとドアの陰に隠れてしまった。

「ざまあみやがれ」

　孝純は笑った。吐き気のような笑いがこみあげてきて、いつまでも止まらなかった。

「この家の中で、てめえの思い通りになるものなんか、一つもないんだよ。その犬はこの二ヵ月、俺が餌をやって、俺が散歩させて、俺が便所の砂まで取り替えてやったんだ。主人は俺だ。おまえの言うことなんか、聞くわけないだろ」

　そして犬に向かって呼び掛けた。

「来い、クラウディア」

　犬はおずおずと手元に来た。

「よし。伏せ。そう、伏せだ、クラウディア」

　服従するように腹を床につけて座る。

「クラウディア！」

直美が鋭い声で呼ぶ。雌犬は敢然と女主人を無視した。

孝純は、勝ち誇った気分でその頭を撫でる。

玄関の扉がノックされたのは、そのときだった。

「どなた？」

憮然とした顔のまま、直美はチェーンもかけずに、ドアを勢い良くあけた。

とたんに、ひっと声を上げて立ちすくんだ。孝純も笑顔のまま、凍り付いた。

坊主頭に黒シャツという、典型的なその筋の人間が三人立っていた。

「なによ……知らないわよ、あたし、知らないわよ。この人でしょ」

震えながら、直美は言い、孝純の腕を摑み、男たちの方に押しやろうとする。

それに逆らい、孝純はキッチンの方に後退りした。無駄だった。次の瞬間には、両脇からがっしりと男二人に挟まれていた。

「すいません、本当にすいません。今度こそ、返します。本当に真面目に車にぶつかります。だから勘弁してください」

最後まで言う前に、腹にこぶしを叩き込まれた。よだれを垂らしながら崩れた孝純の体を引きずって、男たちは玄関に出ると、今度は尻を蹴飛ばしながら靴を履かせて外に連れ出す。

閉められた鉄の扉の向こうで、犬の吠え声がした。かりかりと爪でドアをひっかく音がする。胸をつかれた。この期に及んで、彼の身を案じてくれるのは、クラウディアだけだった。

闇の中に白いベンツがあった。そのフォルムが目に飛び込んできたとたん、孝純は悲鳴を上げた。当たり屋をしたとき、間違えて追突させてしまった車だ。

ということは、今、彼を直美のアパートから引きずり出した男たちは、闇金の回収屋ではない。孝純は絶望の呻きをもらした。

回収屋が指示した白いベンツには、市内に住む機械メーカーの社長が乗っているはずだった。その色のその車種が、日本に一台しかないわけではないということを彼は知っておくべきだった。そしてベンツを乗り回すのは、堅気の金持ちとは限らなかったのだ。

運の悪いことに、もう一台の白いベンツが、社長のベンツがちょうど通りかかる時間帯にそこを走っていた。ナンバーを確認してからサイドブレーキを引けるほど、孝純は悪事に慣れてはいない。言われた通り、白いベンツに追突させてみると降りてきたのは女だった。豹柄（ひょうがら）のスリット入りのワンピースに、ピンヒールのサンダルを履いた……。

その時点で相手から金をむしり取るのは諦（あきら）めなければならなかった。しかしそれだけでは済まなかったのだ。

男二人に両脇から挟まれ、孝純はベンツの後部座席に座った。車は走り出した。不気味なほど丁寧な運転だ。

街路灯の明かりが、遮光ガラスを通し孝純のオフホワイトのセーターに淡い紫色の影を刻む。孝純は震えていた。ひどい吐き気がした。同時に尿意を覚えた。

「降ろしてくれ……小便」

孝純は訴えた。車は止まった。一人に尻を蹴飛ばされて外に下りる。道端で用を足した後、再び乗せられた。

まもなく規則正しいリズムで車内を照らしたり暗くしたりしていた街路灯が見えなくなった。暗い。カーブが連続している道だ。小刻みな震動がシートに伝わる。タイヤが道の小石を跳ねとばす音がする。エンジンの音が大きくなった。セカンドで登っている。山だ。山に連れていかれる。本当に殺されるのだ。

再び尿意を覚える。隣の男が舌打ちした。

車が車体を斜めにした状態でゆっくり止まる。隣の一人がドアを開けて下りる。立ったまま用を足そうとしたが、足が震えてその場にしゃがみこんだ。

男の一人が低い笑い声をもらした。笑い声にせせらぎの音が交じる。下は深い谷のようだ。ここで尻を蹴飛ばされれば、それきりだろう。

しかしジッパーも上げ切らぬうちに、シャツの衿首を摑まれ、つり上げられるようにして彼は車内に再び放り込まれた。

五分ほど走ると、車は急カーブを曲った。窓の外は漆黒の闇だ。車体におおいかぶさってくる木枝がヘッドライトに照らしだされる。一月の寒空だというのに、常緑樹はぎっしりと葉を茂らせている。

岩を嚙む音がし、車はゆっくり止まった。

ドアが開き、凍るような空気が吹き込んでくる。

「降りろ」

男の一人が低い声で命令した。無言のまま、スコップを突き出してきた。

孝純は震えながら後退りする。とたんに頭の中で何かが炸裂したような感じがあった。顎の下が焼け付くように痛い。

「嫌だ……」

もう一度、殴られた。

気がついたときには、明かり一つない斜面をスコップを引きずって歩いていた。

「このへんでいいか？」という男たちの会話が聞こえた。

「掘れ」

男が言った。

孝純は従った。ものを考えるのはやめた。掘れと言われれば掘る。掘ってどうするのか考えたところでしかたがない。掘らなければ殴られる。当面、殴られなければいい。

土はやわらかいが岩や石がかなり交じっていて、スコップで取り除けるのは重い。それでも掘る。

重い器材を持ち歩くのは慣れているから、肉体労働は苦痛ではない。しかし自らの墓穴を掘るのは、気が重い。

いったいどれだけ続けたことだろう。腰が痛み出し、手のひらにまめができた頃、孝純は下肢を蹴飛ばされ、穴の中に転がり落ちた。底の部分の岩に膝をぶつけたが不思議と痛みはない。

恐ろしい勢いで、土がかけられた。慌てて這い出ようとして穴の縁にかけた手を、革靴が踏み付ける。悲鳴を上げたが、低い笑い声が答えただけだった。

土はあっという間に肩から下をうめた。

「助けてくれ、命だけは助けてくれ、なんでもする」

孝純は懇願した。土はさらに積もる。そしてついに声が出せなくなった。生き埋めだ。死を思う余裕さえない。圧倒的な恐怖が全身をしばりつける。

次の瞬間、闇の濃さが微妙にかわった。息が楽になった。

おどしだったのだ。頭をおおっていた土が取り除けられた。男の低い笑い声が再び聞こえてきた。

その声に感謝した。助かった命が何物にも代えがたく大切なものに感じられる。

「なんでもする。なんでも言うことを聞く。だから早く出してくれ」

孝純はそれだけ言った。

しかしそれまでだった。男たちはそれ以上の土を取り除けようとはしない。首から下をうめたまま、男たちは歩き出した。足音が遠ざかっていく。

「おい、やめてくれ。出してくれ。このままにするのか、助けてくれ」

孝純は叫んだ。

「嫌だ。助けてくれ」と声のかぎり叫んでみたが、土で圧迫された胸がひどく苦しくなるだけで、だれも戻ってはこない。遠くで車のエンジンの音が聞こえ、遠ざかっていった。

孝純は絶望のうなり声を上げた。

死んだほうがましだ、という言葉をこの数日間、何度吐いたことだろう。

「こんな頭痛は本人にしかわからない。医者も保険屋も、人がこんなに苦しんでいるのに信じてくれない。死んだ方がましだ」

「俺は二度と立たないのか？　男としては死んだ方がましだ」

しかしどんなに憂鬱な頭痛に見舞われようと、立たなかろうと、死ぬよりましなのだとこのとき孝純は実感した。

ひどく胸苦しく、鬱血しているせいか、脈打つ度に全身が痛む。

「殺せ」と叫んでみた。早くすみやかに殺せ、というのが、助けてくれ、という願いがかなえられないことを知った後の唯一の願いになった。しかし彼を埋めた男たちは、すでにいない。

いったいどれほど時間が経ったのかわからない。あたりはうっすらと明るい。夜明けだ。顔の辺りは凍り付くような寒さだった。

あたりは荒れ果てた杉の林だ。

七栂峠（ななつがとうげ）か……。思わずつぶやいた。

ここは直美のマンションのある造成地から、二十キロほど離れた秋山山系の東端だ。年に何度か車が衝突事故を起こす、見通しが悪くじめついた峠道のてっぺんから少し上ったところだった。

声の限り叫べば、その峠道に声が届かぬことはない。しかし閉め切った車内で声は聞こえないし、こんなところを徒歩や自転車で通る者もいない。仮に助けを求める声を聞いたドライバーがいたとして、わざわざ車を止めるはずもない。

とにかくこうして自分は死ぬのだ、と思う。ろくでもない人生だった……。足先が痺れてきた。

アイラインを上下に引いた直美のえらの張った顔が目蓋に浮かんだ。以前所属していた事務所の有名写真家の髭面（ひげづら）、営業に行った折に彼が差し出した名刺をくず籠（かご）に落とし込んだ大手広告会社の青二才、同じキャリアだというのにすでに何冊も写真集を出版している学生時代の同期の男、四十万も注ぎ込んだのに一度もやらせてくれなかったキャバクラの女。

孝純は世の中のありとあらゆるものを恨み、呪った。

意識が薄れてきた。こんな状態で眠れるはずはないから、気絶しかかっているということだ。

そのとき皮膚を何かが刺した。土中の虫だ。

畜生、とつぶやいた。苦痛のあまり気を失うことさえ、許されない。気が遠くなっては、その不快な刺激に目覚めさせられる。

何度かそんなことを繰り返した後、彼を覚醒させたのは、不快極まる皮膚への刺激ではなかった。

濡れた暖かいものが、顔に触れた。濃く、生臭い匂いが鼻孔を刺激する。獣の匂いだ。なつかしい匂いだった。唇を舐め回す長い舌。冷たい鼻先。

目をうっすらと開けた。細い鼻面があった。黒い目。絹のような毛並み。クラウディアだ。

「おい……」

ようやくそれだけ言った。

ついにあの世行きか、と瞬時に悟った。それにしても迎えに来るのが、死んだ祖母や伯父ではなく、女の飼っていた犬とはおそれいる。食い詰めてヒモと化したカメラマンでは、実の孫、甥であろうとも、三途の川渡しに際して、迎えに行くには及ばないということか……。

だからなんなのだ、と孝純は目を閉じた。犬で十分だ。人間よりよほど情が厚い。

アフガンハウンドは、さんざん孝純の顔を舐めていたが、やがて鋭く鳴いた。悲痛な声だった。

その声に我に返った。犬は確かに直美の飼っていたクラウディアだ。鉄の扉の向こうで哀しげに吠え、かりかりとドアを引っ掻いていた。

あまりうるさいので、直美がドアを開けて外に出したとして、いったいどうやってここまで来たのか。マンションから峠までは二十キロ以上あったはずだ。車の後をどうやって追ってきたのか。

確かに自分は来る途中で小便をして跡を残してきたが、それにしても二ヵ所だけだ。

それでも追ってきて、現にここにいる。

獣に備わった得体の知れない能力に、孝純はただただ驚いた。

「頼む。下に行って、人を呼んできてくれ。だれか呼んできてくれ。峠道を下りれば、だれか通りかかるだろうから」

孝純は犬に哀願した。車に乗せられた人間を二十キロも追えるのであれば、自分の願いを感じ取り、その通りに行動してくれるかもしれない。

「おい、クラウディア、人を呼んできてくれ。頼むよ」

孝純は言葉とともに、犬に念を送る。しかし犬はいっこう孝純のそばを離れない。

何かにつかれたように、鼻先を孝純の顔に押しつけ、鼻と言わず、唇と言わず舐め、哀しげに鳴くばかりだ。

「だから人を呼んでこいっていってるんだよ」

苛立ってそう叫んだときだった。犬はいきなり前脚で土を掘り始めた。

土をまともに顔に被って孝純はむせた。

細く長い前脚が、恐ろしい速さで土を引っ掻く。

「そんな無理だよ」

むせながらそう言った。

無理ではなかった。

たちまち肩が出た。片腕が抜けた。孝純は歓声を上げて、自由になった腕を高々とかかげた。

片手で体のまわりの土を退かす。もう片方の腕も出た。犬は土を飛び散らせながら、白目をむいて掘り続ける。孝純も両手で土を除ける。そして下半身が出た。

土の上に這い出したとき、杉木立の間から、朝日がまばゆく差し込んでいた。

そのときになって助かったのだ、とようやく実感した。

立ち上がることもできず、孝純はアフガンハウンドのくびったまに両手を回し、「ありがとう、ありがとう」と叫びながら号泣した。

四肢を覆って、地面につくほどに長い毛足は、今、土に汚れ、もつれ、直美のマンションで飼われていたときの美貌の片鱗もない。

ふとその毛並みから手を離してみると、自分のシャツの袖に血がついている。どこで怪我をしたのだろう、と首を傾げ、何気なくクラウディアの前脚を見て、思わず声を上げていた。

夢中で土をひっかいたせいだろう。前脚の肉球(にくきゅう)のあたりが切れて出血していた。

「クラウディア、なんてやつなんだ、クラウディア」

犬の前脚を両手で包み込み、孝純は涙を流していた。その顔をアフガンハウンドは落ち着いた動作で舐めた。

二十分ほどそうしていたが、しだいに痺れも取れてきたので、孝純は立ち上がった。

とりあえず、昨日登ってきた斜面を下りていく。クラウディアも長い四肢をもてあますような格好でついてくる。しばらくすると細い踏み分け道があった。

登山道だ。七栂峠は、最近になって近隣の山が造成され住宅ができたが、それでも首都圏では、かなり自然が残された場所で、春秋にはハイカーを集める。整備は悪いが、自然歩道のたぐいもある。

踏み分け道の下っている方向に、孝純は歩いていく。しかしいつまでたっても、道路には出ない。しかも最初は明らかに下っていた道は、すぐに登りに変わった。そうこうするうちに、細い道はますます細くなり、やがて灌木(かんぼく)の間に消えた。

どうやら道を間違えたらしい。

孝純は途方にくれた。昨日、やくざ三人に両脇から挟まれてここに連れてこられたので、足元は、と見れば、底のすり減った革靴だ。服装は、寒い時期だというのにコートもなく、しかも泥で湿っている。長時間さまよっていては命にかかわる。

そのとき、クラウディアがいきなり斜面を登り始めた。

「おい、待て」

孝純はその後を追った。そちらに何かあるのかもしれない。人の気配を察知したのかもしれない。

踏み分け道から一歩出ると、浮き石だらけの荒れた斜面だ。犬はリズミカルに登っていくが、人はそうはいかない。足を置くと、ずるずると落ちる。地面に手をつき、四つ這いで上がっていく。

やがてクラウディアはぴたりと足を止めた。そのまま斜面の枯葉に足首を埋め、孝純を見下ろしている。

ようやく斜面を上り切ると、道標があった。

斜面を捲（ま）いた道の分岐に立てられた道標は、日陰沢（ひかげさわ）と日紋岳（にちもんだけ）とそれぞれの方向を差している。

その日紋岳の文字の下に、「七栂小屋　一キロメートル」とある。

山小屋だ、と孝純は歓声を上げた。いまどきの山小屋なら電話くらいはある。そこで助けを呼べばいい。何しろ財布も持たずに連れ出されたのだから、所持金はない。下の道路に出たところでバスにも乗れない。

これでようやく帰れると、小屋に向かって歩き出してふと気づいた。

どこに帰れる、というのだ？

命が助かったうれしさにすっかり忘れていたが、町に戻ったところで彼の行き場所はない。金がない。それまでに彼が撮った写真の、段ボール箱二十個分あまりのフィルムは、差し押えられている。カメラと最低限の器材は、直美の家だ。

直美は昨夜、自分がやくざに連れ出されたのをこれ幸い、縁を切るつもりだ。もちろん彼が使い込んだニコンなど、たとえ捨てるにしたって返してよこさないだろう。それどころではない。町には、その筋の借金取りが待ち構えている。

孝純は身震いした。昨夜自分を埋めたあの白いベンツの所有者も、無事に山から下りてきたことを知ったら、ただではすませまい。死んだことにしておかなくては、せっかく助かった命を今度こそ奪われる。

ベンツの持ち主は、自分を生き埋めにしたが、借金取りの方はただでは殺すまい。海外に連れていかれて、生きたまま肝臓と腎臓を取り出して売られた後、腹の中が空になった死体が川に浮かぶ……。

直美はもちろんのこと、肝心の部分が使いものにならなくなった自分をかくまってくれる女など、もはやどこにもいない、と孝純は確信していた。

山小屋とは、いい隠れ場所だ。海外へ高飛び、というのも、世界が狭くなった今、現実的な逃避手段ではなくなった。しかし山小屋という世間から離れた健全極まる場所は、やくざからすれば盲点だ。

小屋の仕事を手伝いながら、ほとぼりが冷めるまで置いてもらえばいい。小屋や付帯施設の修繕といった力仕事のための人手を、おそらく小屋番は必要としているはずだ。

カメラマンの仕事は肉体労働だ。重い器材を持って現場を走り、寒空や炎天の下で、何時間も待機させられる。優男(やさおとこ)では勤まらない。それに比べれば山小屋の仕事など軽いものだ。

気を取りなおして歩き出すと、それまで輝くばかりに青かった空が、うっすら曇り出し、たちまちあたりは霧に閉ざされてしまった。

霧に見えたものは、ほどなく細かなみぞれに変わった。

孝純は足を早める。やがて葉を落とした木々の間に、つぶれかけた茶店のようなものが見えてきた。ハイキングコースの休憩所だろうと思い、通り過ぎようとしてはっとした。

軒先にベンチと腐りかけた木製のテーブルの置いてあるその峠の茶店風の小屋に看板がかかっていた。「七栂小屋」と。

張り出した軒の向こうには木製の戸があり、しっかりと施錠されている。

「十二月から三月まで閉鎖。ただし十二月三十一日と元旦を除く」

高山や深山の小屋であれば、小屋番がいなくなる時期も、緊急の場合に登山者が避難できるように鍵をかけずにおく。しかし首都圏にあるハイキングコースでは、避難の緊急性が生ずる場合はほとんどない。なによりそんな場所で無人の小屋を開放していたら、マナーの悪いハイカーに荒らされ放題だ。鍵がかけられているのは当然でもある。

しかしそれにしても大晦日(おおみそか)と元旦、初日の出を見に客がくるときだけ開けるという、ここの小屋番の商売気は腹立たしい。

施錠された戸の前で途方にくれているうちに、みぞれはいよいよひどくなった。クラウディアはひっきりなしに、体を震わせて長い毛に貼りついた重い雪の粒を振り落とす。孝純は裏に回ってみた。一ヵ所だけガラス窓がある。

背に腹は替えられない。足元の石を拾い上げ、曇りガラスを丁寧に叩いた。ひびが入り、容易に穴が開いた。そこから手を入れ、鍵を開ける。

土足のまま、傍らの薪の束を踏み台代わりにし、木製の窓枠を跨いで中に入った。内部はござを敷いた狭い板の間があり、その向こうの、正面入り口に面したところは土間だ。

表の入り口を開いて、クラウディアを中に入れてやらなければと思ったそのときだった。大きな毛の塊が、砲弾のように裏窓から飛び込んできた。

そしてぴたりと孝純の傍らに着地すると、落ち着いた動作で孝純の鼻を一舐めした。

「おまえ、なんという……」

呆れながらその頭を撫でようとした瞬間、犬はひょい、と体を躱した。

今までクラウディアはそんなそっけない動作を見せたことはない。孝純は首を傾げた。

七栂小屋は客を泊めるための小屋ではなかった。考えてみればここはわざわざ泊りがけでくるような山ではない。小屋は休み場所を提供し、土産物と飲み物とちょっとした食物を売るだけの施設だ。

小屋番のための台所が奥にあって、プロパンガスコンロと鍋とやかん、それから客に甘酒などを供するための、三十個近い湯呑みがある。

プロパンガスのボンベを揺すってみると重い。中身は十分にある。自炊は可能だ。

台所をかき回すと、コンクリート製の流しの下から、乾麺と米が少しばかりでてきた。使いかけの醤油もある。土産物は、と見ると、百合の花、花豆、山くらげ、といった得体のしれない乾物の袋詰めがある。とりあえず百合の花の乾物とともに乾麺をゆでて醤油で味付けして食べる。

クラウディアも腹が減っていたらしい。孝純の手元を恨めしげに見ている。冷めるのを待って、クラウディアにも分けてやる。何しろ、今、彼の命があるのは、このアフガンハウンドのおかげなのだ。

しかし米も麵もあと二、三日分くらいしかない。大型犬の餌まではとうてい賄いきれない。なんとかしなければならないが、山中に店はない。もし奇跡のようにコンビニエンスストアが出現したとして、孝純には金がない。

やはり下界に戻り、連中の手にかかって死ぬしかないのか、とため息をつく。警察に保護を求められないだろうか、と考え、自分の甘さに苦笑する。やくざに追われた債務者の身辺を警護していられるほど日本の警察は暇ではない。

自分が割ってしまった窓ガラスを段ボール箱を切って修繕すると、小屋の中は少し暖かくなった。

土間には薪ストーブがあり、板の間の端には湿った布団がひと組み、きちんと畳んである。どうやら凍死することだけはまぬがれそうだ。

昨夜の恐怖から解放されてみると、疲労感が体を圧した。布団を敷いて横になる。しかし湿った布団はむしろ体温を奪っていくようで、全身が冷えた。

「クラウディア」

孝純は少し離れたところにうずくまっている犬を呼んだ。

犬は立ち上がり、こちらにやってきた。ふさふさした毛並みをなで、布団の中に入れる。犬は横になっている孝純を見下ろした。薄暗い室内で、目が蒼く光っている。やがて犬はゆっくりと前脚を投げ出し、孝純の脇に寝そべった。

大型犬の体は思いの外暖かく、懐かしい匂いがした。

「クラウディア、いい娘だ。クラウディア、おまえだけだ」

つぶやきながら孝純はその毛並みをなで、眠りに落ちていった。

いったい何時間、寝ていたものかわからない。クラウディアの鳴き声で目覚めた。用を足したいのだ。きちんと訓練を受け、マンションで飼われていたクラウディアは、室内では専用トイレ以外では決して用を足さない。たとえ土間でも、それは同じだ。孝純が慌てて表の戸を開けてやると、クラウディアは闇の中に出ていった。

しばらくしてクラウディアが戻ってきたとき、孝純は商品の棚に売れ残りのカップ麺をみつけて食べていたところだった。

クラウディアは礼儀正しく、孝純の前に座った。しかし孝純は腹が減っていた。半分食べたところなので、むしろ食物への欲望は強くなっていた。

犬の視線に、後ろめたさを覚えながら、こんな塩辛いものを犬にやっては毒だ。アフガンハウンドの成犬にとっては量が少なすぎ、かえってかわいそうだ、と自分に言い訳しながら、背を向けて仰向いて、最後の一口をすすり込んだ。汁まで飲み終え振り返ったとき、犬はふいと視線をそらせた。

「ごめんな」

小さな声で孝純は謝った。

次の瞬間、犬は風のように外に飛び出していった。

「おい」

驚いて孝純はその後を追う。しかし小屋の外には濃く重たい夜の闇が広がっているばかりだ。右も左もわからない。肌を刺すような空気に身震いし、孝純は中に入る。裏から薪を取ってきて、ストーブに火をつける。

クラウディアはいつまで待っても戻ってこない。自分は命の恩人を裏切ったという、良心の呵責が堪え難いものになっていく。もどってきてくれ、と痛切に願う。あの長い毛並みを抱き締めたい。あの細い鼻面をなでてやりたい。

女は、いい男が現われれば、ためらいもなく前の男を捨てる。肝心のものがダメになれば、当然のように放り出す。しかし雌犬は人を裏切らない。今、信頼にたるものは、クラウディアだけだ。もう二度と、食物を独り占めにはしない、と孝純は自分自身に誓う。赤々と薪は燃え、室内は暖かくなってきたが、孝純の全身は寒かった。

一時間もした頃、足音が聞こえた。台所の戸にぶつかる音がする。開けるとクラウディアが立っていた。

体中の力が抜けた。

「帰ってきたか、クラウディア、帰ってきたか」

その場にしゃがみこみ、細長い頭を抱く。そのとき口元の長い毛が濡れているのに、孝純は気づいた。そっと拭った自分の指をストーブの明かりにかざし、小さくうめき声を上げた。

血だった。怪我はしていない。指でひょいとその口元をまくりあげると、血に濡れた長い歯が見えた。

「なんてやつだ……」

感心するとも、呆れるともなく言った。ほんの少し前までマンション暮らしをしていたにもかかわらず、優美な姿にも似合わず、クラウディアは獣だった。

そしてアフガンハウンドは、まぎれもなく狩猟犬種だったのだ。

鼠か、鳥か、もぐらか、おそらく小動物だろうが、腹をすかせたクラウディアは、自ら餌を捕獲した。つまりこの山で、一人で生きていけるということだ。孝純が心配してやる必要はなかった。

この先どうしようか、と思案しながら孝純は、二、三日は、何をするともなく過ごした。幸い、薪は十分にあったたし、水はポリタンクいっぱいある。しかし食物がない。米も麺も、三日後には底をつきかけた。

一方、クラウディアが食物に困っている様子はない。一度、コジュケイらしきものをくわえて戻ってきたことがある。小型のニワトリほどの、空を飛ぶ鳥をどうやって仕留めたものかわからない。孝純が見たときはまだ生きていて、羽をばたつかせていたが、クラウディアはあっという間に、その頭を噛みつぶして、あきれている孝純の目の前で食べた。

首を斜めに傾け、骨を奥歯で噛み砕く。くわえて振り回す。猫と違い、汚く、残酷な感じの食事作法だ。まだ生きているものを食うとき、犬はうれしそうに尻尾を振るということを孝純は初めて知った。

食事を終わると呼びもしないのに、クラウディアは孝純のいる場所、座布団の上や布団の中に来る。そしてまだ血のこびりついている長い鼻面を孝純の顔に押しつける。

食物が底をついたある日、クラウディアは何かをずるずると引きずってきた。その獲物を目にして孝純は仰天した。野兎だ。だんだん狩りがうまくなっていくのか、大物ねらいをしている。その日の朝、わずかに米粒の沈んだ粥を食べただけの孝純は、しばらく迷ったのち、それを分けてもらうことにした。

犬はだらりと伸びた兎の体を足元に置いていた。

「くれよ」

情けない思いで孝純は言った。意味がわからないようにクラウディアは、孝純を見ている。

「いいだろ。な」

孝純は兎の耳にひょいと手を伸ばしかけた。

そのときクラウディアはいきなり獲物の前に立ちはだかった。頭を低くし、うなり声を発している。今まで聞いたこともない、腹の底から湧き上がってくるような凄味のある声だ。

「おい、頼むよ」

孝純は言った。

「全部取るわけじゃない。少しだけ分けてくれればいいんだ」

そう言いながら、クラウディアの肩のあたりを手で押した。とたんうなり声は、狂暴極まる吠え声に変わり、次の瞬間、手に激痛が走った。

悲鳴を上げて手を引っ込め、おそるおそる見てみる。甲に牙の跡が二つ、穴になっている。

「畜生」

孝純は信じられない思いで、血の流れている自分の手を見下ろしていた。

「おまえがやったんだぞ、これは、おまえがやったんだ」

アフガンハウンドは、反省したふうもなく一瞥すると、兎の体を引き裂いた。腹から流れ出た臓物を食べる。骨を噛み砕く音、血を舐める音が小屋に響いた。孝純は半ば意地になって近づいていく。とたんにぴくりと耳を動かし、犬は姿勢を低くしてうなった。そして孝純が犬の食事場所から二メートルほど後退するまで、うなり続けていた。

孝純が引き下がると、犬は再び視線を獲物に落とした。皮を引き裂き、長い毛を血に濡らしてがつがつと食う。

数分後、不意に獲物から離れた。兎は哀れな残骸になっている。しかしよく見ると内臓はないが肉はかなり残っている。大型犬なので兎一匹くらいは食べてしまいそうなものだが、すでに食事を終えたらしく、口のまわりを舐めている。

舐めながらクラウディアは孝純を見据えた。さきほどとは打って変わって、その目には気遣うような表情がある。自分の空腹が満たされたためなのか、それとも孝純に危害を加えたことを反省しているのか、わからない。

そのままじっとしていると、クラウディアはまたふい、と外に出ていってしまった。

孝純は兎の残骸を捨てようとしたが、素手で摑む気にはなれず、ストーブの脇にあった火箸で摑んだ。そのとき兎の背中の白っぽい肉が目に入った。

煮れば食えそうだ、と思った。とたんに嚙まれた手が、痺れたように痛んだ。

畜生、ともう一度つぶやき、残骸のような兎の死体を見下ろす。

「俺は畜生以下か？」

自問自答しながら、素手でぼろぼろになった兎の耳を摘んでぶら下げ台所に入る。吐き気を堪えて、そこにあった包丁で残っている皮を剝ぎ、水洗いすると、なんとか食物に見えてきた。

骨つきのまま、その兎を薪を割る鉈(なた)でぶつ切りにし、湯を沸かした鍋に放りこんだ。浮いてきたアクをすくい、土産物として売っている乾燥ズイキやワラビなどを入れ、醬油で味付けする。

まもなく人の食物らしい匂いがしてきた。蓋を開けると、肉はふっくりと煮上がっている。犬の食べ残しとは思えない。味見してみると兎の肉はほとんどくせがなく、食べやすい。久しぶりの豪華な一品だ。

全部食べたいところだったが、さすがに気がとがめ、孝純はクラウディアのために残した。

しばらくしてクラウディアは戻ってきた。孝純は食べ残した兎汁を器にあけ、クラウディアの鼻先に置く。

クラウディアは鼻を近付け匂いを嗅ぐ。しかしそれだけだった。ぷいっと顔を背けると板の間に上がり、孝純が敷きっぱなしにしておいた布団の上に乗った。

腹がいっぱいなのか、と首を傾げ、それからあることに思い当たった。火を通し、味をつけた肉より、ついさっきまで生きて走っていたやつを生で食べる方がうまいということを彼女は知ってしまったのだ。

あたりはすっかり暗くなっている。孝純は雑巾を持って板の間に上がり、クラウディアの足跡を拭き、布団に潜り込んだクラウディアの足をそっとつかまえ、その泥を拭く。クラウディアはされるままになっていた。やはり飼い犬は飼い犬だ、といくぶんほっとする。

「おい、おまえ、この手わかるか？」

孝純はさきほど噛まれた手をクラウディアの鼻先に出した。

「おまえがやったんだ。反省しろ」

そう言いながら、自分も布団に潜り込み、クラウディアの体を布団の端に押し退け、ふさふさとした毛並みに腕を絡ませる。

と、そのときクラウディアはまたうなった。前脚をつっぱるようにして、孝純の体を押す。

「おい、なんだ？」

孝純は驚いて、首を起こす。

うなり声は、威嚇（いかく）の気配を帯びた吠え声に変わった。孝純はひっと小さく声を上げ、布団の端に寄る。クラウディアの威嚇の声はぴたりと止んだ。ふとんの真ん中にクラウディアは横になっている。

「どういうことだ」

孝純はもう一度、クラウディアの体を端に押した。とたんに犬は跳ね起きた。猩々のように全身の毛がふわりと舞った。そして首筋あたりの毛を逆立てたまま、犬とは思えない狂暴な声で吠えた。

「うそだろ……」

孝純は後退りした。そのまま板の間の端まで這って逃げる。

板の間の冷たさが腰に伝わってくる。布団と犬がいなければいられない。再び、そっと近づく。犬はぴくりと首を動かしたが、攻撃してくる気配はない。布団をまくって中に入る。敷き布団の端に横になる。

クラウディアは孝純を抱くように前脚を伸ばしてきた。機嫌を直したようだ。体温が伝わってくる。

はっとした。機嫌を直したわけではない。孝純が真ん中に寝なければ、許すのだ。布団の真ん中は、自分の場所、孝純は布団の端と、この犬は心得ている。なんということだ、と目眩がした。

彼らがここに来た日に降ったみぞれは、翌日には雪にかわっていた。それからずっと雪が降ったり止んだりしていたが、一週間ほどしてようやく晴れ上がった。

孝純は外に出て、一帯を歩き回ってみた。小屋の後ろは斜面になっていて、まっすぐ下りると小さな流れがある。水は澄んでいた。台所のポリタンクを持ち出しそれに詰める。煮沸すれば飲料水になる。

流れに何かいる。目を凝らすと小さな蟹だ。おっ、と声を上げ、すばやく掬った。三十分で二匹、収穫があった。

孝純が得た餌はそれだけだったが、その日クラウディアが持ってきたものを見た孝純は、度胆をぬかれた。猿だ。この七栂峠近辺の畑を荒らすことで、一時、テレビのニュースにまで登場した日本猿が、犬に首筋をくわえられてなお、虚しい反撃のチャンスを狙って片手をばたつかせている。

「よせ」

思わず孝純は叫んだ。

「頼む、それだけは」

目をむき、口を大きく開けた猿の表情は、あまりにも人間に近かった。クラウディアは獲物を離した。

しかし致命傷を負った猿に逃げる体力はない。クラウディアは孝純の言葉に従って、獲物を離したのではなかった。自分の力を誇示する目的で、弱った獲物を孝純に見せつけているのだ。

孝純は首筋を血まみれにした猿を抱き上げようと近づいた。そのとたん、クラウディアはうなり声を発して威嚇した。そして孝純の見ている前で、猿にのしかかり、その肩のあたりに深く牙を差し込み、引き裂いた。細長いその顔を腹に突っ込むようにして、がつがつと内臓を食う。そして半分食べて顔を上げたとき、驚くほど穏やかな表情に戻っていた。食いかけの肉を放り出し、孝純を見ている。

このときになって、ようやく孝純には自分の立場が見えてきた。

自分はクラウディアの子分にされてしまったのだ。地位が逆転した。クラウディアはアルファとして君臨し、孝純を守り、餌を与える。それを自分の義務ととらえ、責任を感じているのだ。それは愛情と言いかえてもいいかもしれない。

しかし孝純が、序列にそぐわぬ行動に出ると威嚇し、威嚇を無視したときには制裁をくわえる。

それにしても自分が群れのボスになったと犬が錯覚するアルファ症候群は、多く雄に発生する。

しかし、と孝純は思い当たった。

クラウディアは、厳密な意味での雌ではない。去勢してあるのだ。孝純が直美の家に転がり込んだ直後、発情の兆しが見えたので、孝純が獣医のもとに連れていった。血統書のついた犬なので、子犬を生ませることも考えたが、アフガンハウンドは人気犬種というわけでもなかったので思いとどまった。それに万一素性の知れぬ雄にでものしかかられ、雑種の子犬など生まれたら目も当てられない。

いずれにせよ、クラウディアがアルファ犬になってしまったことは間違いない。始末が悪いのは、ここでは一般の飼い犬と違い本当にクラウディアが第一の実力者であることだ。餌を取るのはクラウディアだし、寒さに強いのもクラウディアだ。そして彼女に喧嘩を売った場合、刃物を持っていたにしても、自分はおそらくクラウディアに負ける。奇妙なほどの冷静さで孝純は判断した。

ジャンプして飛び付かれ、首筋にあの長く鋭い牙を差し込まれたらナイフなど役に立たない。手を噛んだのは、クラウディアにとっては、警告に過ぎない。本気を出したら、気の毒な日本猿の運命が自分の運命になる。

孝純は犬の食い残した猿を鉈で刻むと、ストーブの上にかけておいた鍋に放りこんだ。うまいとは言い難いが、命をつなぐには十分な食べ物だった。

鳥、兎、ハクビシン、日本猿、クラウディアはあらゆる山の獣を狩ってくる。

孝純は、クラウディアのヒモになった。しかし犬は人の女より寛大だ。孝純が、劣位の者として分を守った行動をとる限り、追い出しはしない。

外は雪だ。裏口の脇に積み上げた太い薪を孝純は鉈で割る。下の川に下りて水をくむ。クラウディアの持ってくる、さまざまな肉をさばいて、土産物用の乾物と一緒に煮る。そして床に散らかった骨やクラウディアの毛などをきれいに掃除する。それだけではない。クラウディアの毛についた汚れを雑巾できれいに取り、指を櫛（くし）のかわりにして、毛をすいてやる。長毛種の犬にそうした手入れはかかせない。

いつのまにか季節は二月に入っている。孝純が身をひそめて二週間が経った。いつまでもこうしているわけにはいかない。四月になれば小屋の主が戻ってくる。

群馬には孝純の実家があり、老いた母が一人で住んでいる。死んだことにしてそこに戻ることはできるだろうかとふと思い、絶望のため息をもらした。

自分は利子を入れて二千万もの金を闇金融から借りている。彼らのネットワークからすれば、発見されるのは時間の問題だ。そのとき実家の家、土地だけでなく、老母の命まで狙われることになる。いや、もうとうに実家に手は回っていて、孝純の戻ってくるのを虎視眈々（こしたんたん）と待っているだろう。

いっそ山の中のどこかに掘っ立て小屋を建て、一生犬のヒモをやって暮らそうか、とも思う。いずれはほとぼりも冷めるかもしれない……。

孝純が山に入ってから何度目かの雪が降った。そして翌日には一転して晴天となり関東の空(から)っ風が、わずかに積もった雪を凍(い)てつかせた。

溶けかけた雪を強い日差しがまぶしく照らし出している。

夜になると、空気中の水分がすべて凍り付くような寒さの下、満天に星がきらめく。闇の中のはりつめた静けさの中で、ストーブの薪のはぜる音だけが響く。

孝純はクラウディアの体を乾いた雑巾で丁寧に拭い、絡まりやすい長い毛を丁寧に指ですく。クラウディアは落ち着いたまなざしで、孝純の顔をじっとながめている。毛をすきおえたクラウディアの、輝くような美貌が際立つ。

もともと姿のいい犬種だ。一頃は、ヨーロッパの金髪スーパーモデルたちの間でこの犬を連れ歩くのが流行(はや)っていたらしい。目立ちたがり屋が持ちたがるが、その野性味を残した性格のために飼い切れず、多くの飼い主が手放してしまったと聞く。今、クラウディアにはマンションにいた頃の美貌に加え、本来の狩猟犬としての精悍(せいかん)さが加わった。子分を従え、山野を駆ける犬には、美貌と自信、さらに誇り高さがそなわり、神々しくさえある。

犬を布団の中央に寝かせ、その脇に遠慮がちに身を横たえて孝純は目を閉じる。クラウディアは寒さから彼を守ろうとするかのように、ふさふさした毛に覆われた前脚を孝純の肩に掛け、体を寄せてくる。

久しく聞かなかった音が、響いたのはそのときだった。

車のエンジン音と凍り付いた雪をタイヤが踏む音が、闇を切り裂き近づいてきた。

方角はわからない。ただ斜面の下方から、音が上ってきたのだけはわかった。自分が埋められた斜面を思い起こし、孝純は身震いした。

クラウディアがすっくと立ちあがった。

土間まで行き、ドアを引っ掻く。開けろという意味だ。

「よせよ。いくら久しぶりに車の音を聞いたからって」と孝純は言った。

クラウディアは焦れたようになる。言うことを聞かなければ、威嚇のために軽く嚙み付いてくるだろう。もちろんクラウディアにとって軽いだけで、やられるほうにしてみれば、十分な痛手だ。

「わかったよ」

孝純はのろのろと起き上がる。

「勝手に行け」

ドアを開けたとたん、疾風のように闇の中に飛び出していった。

温かな犬の体がなくなり、孝純は寒さに震えた。とても寝ていられず、ストーブの前に来る。

それから三十分もしないうちに、クラウディアは戻ってきた。部屋に入るなり激しく吠える。

ドアから再び外に出ようとして、孝純を振り返り吠える。先端の巻いた細い尾が焦れたように左右に振れている。

「ほら、勝手に行けよ、鍵なんか掛けてないんだから」と孝純はうんざりして言う。

クラウディアは吠えるのをやめない。近寄ってくるといきなりジャンプして突っ立っている孝純の腕に軽く歯を立てた。怪我はしなかったが、神経を凍り付かせるには十分な一撃だ。

「どうしろっていうんだ？」

犬は外に出る。

痺れるような寒さが襲ってきた。中空にかかった月が、氷のように青く冷え冷えとした光を投げかけて、あたりの木立を浮かび上がらせている。

「冗談じゃない」と慌てて小屋に逃げ込もうとする孝純に、クラウディアが再び飛びかかった。今度は歯を立てなかったが、自分の顔の高さに届くその口を見ただけで恐ろしくなった。

「わかったよ、わかったから止めてくれ」

孝純はぶつぶついいながら、クラウディアの後をついていく。犬は二、三歩行くと振り返って吠える。

「わかったっていってるだろう」

孝純は凍った雪に足を取られながら小走りに歩く。クラウディアは小屋の前の登山道を下り始めた。孝純が滑って進めないと、心配気な表情で待っている。転倒するとそばに寄ってきて顔を舐める。

しばらく行くと、今度は杉木立の緩い斜面を下り始めた。間伐の手の入らない杉木立は、中に入ると真の闇だが風がない分だけ少し暖かい。

まもなく斜面は急になった。爪が曲がって生えているために、下り急斜面の苦手な犬は、斜面を斜めに切っておりて行き、孝純は左右の杉の幹に摑まり直降する。

どれだけ下っただろうか。林が切れ、足元はコンクリートの擁壁になった。一メートルほど下に、車一台がようやく通れるくらいの林道とおぼしき道路が凍り付いた雪を残してあった。先程聞こえたエンジン音は、ここを通った車のものらしい。

次の瞬間、クラウディアが長い冠毛をなびかせて林の中から飛んだ。路面に着地するやいなや、すさまじい勢いで走り出す。

「おい、待て、何を急いでいる」

もしかすると自分を埋めたやつらが、またどれか別の人間を生き埋めにしているのかもしれない。孝純の足がすくむ。

クラウディアの姿は、カーブした道の向こうに消えた。恐る恐る歩みを進めた孝純の目に飛び込んできたのは、夜目にも白い塊だった。

丈高いクラウディアの首に両腕を巻き付けてうずくまっている白いコートを着た人影だ。

慌てて駆け寄ったとき、それが女であることが判明した。それも若い女だと瞬時にわかった。

「おお」と孝純は、喜びの声を上げた後、彼女の生命を案じた。

「大丈夫ですか」

孝純が声をかけても、女は反応しない。クラウディアにしがみついた手が固まったように不自然な角度にまがっている。

「もしもし、大丈夫ですか」

孝純はうずくまった女の腰の下に手を差し入れ、ゆっくりと持ち上げる。とたんに激しく心臓が打った。

プアゾンの香りが、女のわずかにぬくもりを残した体から濃厚に立ち上った。女の着ているコートの打ち合せ部分についているファーが頬と喉のあたりをくすぐる。

「大丈夫ですか、眠らないで。起きててください」

孝純は女の耳元で叫ぶ。

女は目を開いているが、意識ははっきりしていないようだ。

「国立インター……まだ？」と中央道にあるインターの名前を言う。もしかするとそちらの方向から来たのかもしれない。

孝純は抱いていた女を背負い直した。ストレッチブーツの踵がその拍子に手首に当たった。厚手のストッキングのざらついた生地を通して、女の腿のぬくもりがわずかに伝わってくる。

女の体は驚くほど軽い。この真冬の山で、ファーのついたコートにストレッチブーツをはいた女が現われるなどということが、急に信じられなくなってきた。狐にでもばかされているのかもしれない。

クラウディアは二、三歩先に行っては、案じるようにこちらを振り返る。目を凝らすとその口に何かをくわえている。細いヒモのついたバッグだ。女の持ち物らしい。

ヒモを引きずって、クラウディアは来るときに下りてきた斜面ではなく、傾斜の緩い登りやすい斜面を選んで行く。孝純の背負っているものの重さを理解し、楽な道を案内しているのだ。

「利口なやつ……」

孝純は複雑な思いでつぶやいていた。

孝純は足を止めることもなく登り続けた。息が弾み、腿とふくらはぎが痛み出したが、ぐずぐずしていたら背中の女が凍死するかもしれない。

四十分も歩いた頃、ようやく小屋についた。

女の体を板の間に下ろし、ストレッチブーツを脱がせようとしたが、なかなか脱がせられない。仕方なくそのまま布団に横たえ、消えかけたストーブに薪を放りこむ。クラウディアは女のそばにくわえてきたバッグを落とすと、頼まれもしないのに女の体にぴたりと身を寄せ、長い毛に包まれた自分の体で女を暖めている。

ストーブの火勢が強くなってきたのを見計らい、孝純は女のところに戻り、苦労してブーツを脱がせた。次にファーのついたコートを脱がせる。女は薄く目を開けているが、ほとんど意識はない。

コートの下は丈の短いニットに、ベロアのミニスカートだ。どう見ても山に入る格好ではない。セーターの大きな襟ぐりから出た鎖骨の辺りの皮膚は、蠟のように蒼白だ。血行を妨げないために、スカートのホックを外し、ストッキングを脱がせる。すらりと伸びた足にも、やはり血の気がない。クラウディアは女に身を接して座っている。

孝純は女の足を手のひらでさする。体温が戻ってくれるように、氷の塊を思わせる爪先を柔らかく包み込み、そっとさすり上げる。次に手のひらから腕にかけて、力を加えないように、細心の注意を払ってさすっていく。

十分もそうしていると皮膚に血の気が戻ってきた。

同時に女の体が小刻みに震え始めた。筋肉組織が発熱しようとしている。凍死の危険はなさそうだ。指先の壊死もない。

「よし」

孝純は女の隣に身を横たえ、膚を接し抱くようにしてその体をさする。反対側にはクラウディアがいる。

かすかな呻きが女の口から漏れた。

「大丈夫ですか」

小刻みに震える体をさすりながら、孝純は声をかける。

「寒い」

歯を鳴らしながら、女は言った。クラウディアがもぞもぞと動き、その体を密着させる。

「寒い……寒い……」

うわごとのように女は言う。

「まもなくあったかくなりますから、がんばって」

女は大きく目を開けた。意識が戻ったらしい。

「あたし……ここどこ？」

「山小屋」

孝純は土間に下り、薪ストーブの上でたぎっている湯を湯呑みに注ぎ、それに砂糖を入れて水で薄めた。

「ゆっくり飲んで」

女を抱き起こし、その唇に湯呑みを持っていく。女は不思議そうに孝純の顔を眺め、砂糖湯を半分ほど飲み、目を閉じた。その体を再び横たえ、ミニスカートから伸びた足をさする。

一時間もすると震えはなくなり、体温は十分にあがってきた。女の呼吸は深く、安らかなものになっている。

孝純は、大きく吐息をついた。生命の危険は去った。女は意識を失っているのではなく、眠っている。ベロアのミニスカートの裾はまくれ上がり、無防備に開かれた足が二本、孝純の手の中にある。薄いニットに包まれた胸はゆっくり上下している。その体に布団はかけられているが、孝純の手はまだ女の太腿の上にあった。

孝純はほんの少し前から、自分の体の変化に気づいていた。股間が痛みを覚えるほどに張っている。

医者の言葉は正しかった。

「精神的なものだよ、君。何を焦ってるんだね」というのは、本当だった。脊髄をやられたに違いない、だから立たなくなったのだ、と訴える孝純に「診断するのは医者であって、君じゃない」と答えた大先生も正しかった。

精神的なものだったのだ。直美相手のお勤めとしてのセックス、背負った借金の重圧、当たり屋をした瞬間の恐怖の記憶……。考えてみれば、それで平常心を保てる方がおかしい。

あの堪え難い頭痛もおそらくそうしたことから来る精神的なものだったのだろう。ここに来てから消えていた。寒さと空腹で頭痛どころではなかったのかもしれないが。

そして今、孝純は自分を取り戻していた。たかが下半身とはいえ、男にとっての場合、それは人格だけでなく、人権とアイデンティティーまでも持っている。孝純はそう信じていた。自分を取り戻した孝純の傍らで、女は寝息を立てている。

孝純が救った命だった。一回くらいさせてくれたっていいだろう、と不埒な思いがよぎる。

女はすでに回復している。弱っているものをやるわけではない。だから鬼畜と呼ばれる筋合いはない。それに、いやなら目覚めて抵抗するだろう。抵抗されればやめればいい。彼なりの理屈だった。

太腿に置いた指をゆっくりと上に向けて滑らせていく。

女の腰がぴくりと動いた。拒む気配はない。その唇から小さく吐息が漏れた。

拒絶されなければ先に進むのが男の義務、と孝純は心得ている。指先が下着のレースに触れた。女の足は再び、ぴくりと動く。

とたんに孝純は全身の毛が逆立つような恐怖に見舞われた。クラウディアが、うなったのだ。地獄の底から突き上げてくるような、重低音のうなり声だった。

孝純はそっと顔を上げる。闇の中に蒼く底光りする目が二つ、孝純を見据えていた。身震いして自分の手をひっこめた。せっかく回復したものは、元通り萎えていた。

それからふと、手を引っ込めた自分の愚かしさに気づいた。自分の行動がクラウディアにわかるはずはない。それに女を露骨な形で攻撃しているならともかく、そうでないのだからクラウディアが怒ったり、制止したりする理由はない。こうした行為を罪とするのは人間の倫理感に過ぎないのであって、モラルに無縁な動物がそれを止めるはずはない。

孝純は今度は女のニットの下に手を滑り込ませた。女の呼吸は瞬時に乱れた。

こいつ、待ってたんだ。そう確信し思わずにやりとした。

女は拒否しない。目覚めているが、寝たふりをして身をまかせている。

遠慮なく下着の中に手を入れようとしたとたん、頬に生臭い息を感じた。

顔を向けるとさらさらとした毛が頬に触れた。

クラウディアは女の体を乗り越え、孝純の隣にきていた。そして生臭い息を吐き出すのと同時に、先程よりさらに凄味を利かせた声でうなった。犬のものとは到底思えない猛獣めいた声だった。

女の息使いはぴたりと止まった。

つぎの瞬間、孝純は悲鳴を上げていた。激烈な痛みが、未だ女の胸のふくらみの上にある右手の上腕部に走った。とっさに左手で嚙まれたところを押さえ、起き上がった。

「てめえ」と怒鳴ったが、それ以上の言葉は出なかった。鼻に皺を寄せたクラウディアの長い牙が、薪ストーブの炎にぎらりと光る。

間違いない。クラウディアは、孝純が女に触れようとするのを阻止している。女を守るのを自分の義務と心得ているのか、それとも嫉妬か？

　孝純は立ち上がることもできずに、のろのろと這って板の間の隅に逃げた。傷口から流れ出た血が、シャツを濡らしている。

「畜生、畜生」とつぶやきながら、袖をまくってみる。皮膚の上に牙の穴が開いているのがストーブの明かりに照らされて見えた。幸い太い血管は外したらしい。血は滲むように出てくるだけだ。しかし痛みは脈打つたびに脳天まで上がってくる。

　クラウディアが鋭く吠えた。その吠え声に驚いたらしく、女も上半身を起こした。

「あら……どうしたの？」

　女はクラウディアが少しも恐くないらしい。片手でクラウディアの長い鼻筋を撫でた。すると一時、吠えるのを止めるが、またすぐに孝純の方を見て吠える。

「うるせえ」

　さらに吠える。

「なんなんだよ」

　そう言いながら、犬の方に行くとぴたりと吠えるのをやめた。そして離れるとまた吠え始める。つまりここから離れるな、ということだ。そばにいろ、しかし女に手を出したら承知しないぞ。犬は孝純にそう命令している。

　孝純は犬に恨みの一瞥をくれると女の隣に腰を下ろした。

「目が覚めてしまいましたね、犬がうるさくて」

　痛みに耐えながら何気ない風を装う。

「ここ、どこですか」

女は不思議そうに尋ねた。

「だから、山小屋。さっきも言ったとおり」

「さっき？」

いったん意識が戻り、砂糖湯を飲まされたことを女は忘れてしまっている。

「武司君、どこにいるの？」

「武司君って？」

「私と一緒にいたコ、さっきまで私の隣にいたのに」

「それは」と言ったきり、孝純は口をつぐんだ。つまり孝純に触れられたときのあの反応は、寝(ね)惚(ぼ)けて相手を間違えた、ということだったらしい。

「おたく、一人で雪道にうずくまっていたんだよ。犬がみつけて報せにきたんだ」

「そんな」

女は口を半開きにして、孝純を見た。

「僕がここまで背負ってきた」

「じゃ彼、戻ってこなかったの……」

「彼って？　そもそもなんでこんな山ん中に来たの？」

「私が来たわけじゃないもの」

女は唇を噛んだ。

「来たわけじゃないって？」

「喧嘩したから。ただの口喧嘩だったんだけど」

「つまりその武司君と」

女はぽつりぽつりと経緯を話し始めた。

二十歳そこそこに見えた女は、実は今年の三月で三十四歳になるＯＬで、恵美子と名乗った。武司君とは、たまたま友人と行ったクラブで知り合った。年下のカレだ。「別に、歳とか意識してなかったし、スーツをビシッと着てたから、私と同じくらいの年だと思ってたし」

つき合って二ヵ月も過ぎた昨年のクリスマスあたりから、一緒にいても話題がなくなったと言う。話題がないというより、彼の方が黙りこくっていることが多くなり、誘うのはもっぱら恵美子の方だけになっていた。

昨日のデートも、彼女の方から誘った。武司は四十分も遅れてきた。東京の府中で会い、彼の車に乗ったが、そのまま食事もせず、ドライブをするでもなく、十分ほど走っていきなりネオンきらめくいかにも安っぽいラブホテルの駐車場に入れようとしたので、「そんなの嫌」と拒否した。武司は「わかった」とすぐに車をＵターンさせ、国道に戻った。

「私の言い方も悪かったんだろうけど、なんか不機嫌になって、こっちがいろいろ気を使って話しかけてるのに、『ああ』とか『別に』とか言うだけで。話、続かなくなっちゃって」

「そりゃ、飽きて振られただけのことじゃないか。おまえ、なんて鈍感な女なんだ」と喉元まで出かかった言葉を孝純は飲み込んだ。

「それで私、ついにキレて、『ねえ、何か気に障ったなら、はっきり言ってよ。何が面白くないのか知らないけど、そういうのって男らしくないわよ』って怒鳴ったの」

武司は、「別に気に障ってなんかないよ」と答えたという。そのうち迷ったらしく、住宅街の中の同じ道を回り始めたので恵美子は車を止めさせた。そして地図を見て道を確認し、無事に国道まで誘導したという。そのときに恵美子は彼の頼りなさをなじり、相手は「地図など見なくても道はわかっていた、たまたま一方通行の道があったので回っていただけだ」と反論し、言い争いになった。しかしそれもせいぜい二、三分のことで、すぐに武司の方が黙りこくってしまった。気がつくと車は家も疎(まば)らな田舎道を走っていた。やがて鬱蒼とした杉林の中の林道に入った。そこに車を止めて何をするのか、恵美子は少しばかり期待した。

男の沈黙の原因もそこにあったと信じていた。そして想像どおり車はゆっくり止まった。「悪いんだけど」と男は言った。

「方向指示ランプ、調子が変なんだ。ちょっと見てきてくれる?」

恵美子は車を降り、言われたとおり車の後ろに回った。あまりの寒さに震えながら方向指示ランプを見て、「ちょっと、つけてみて」と運転席に向けて怒鳴った。

そのとき窓から何かがぽとりと落とされた。次の瞬間、車は発進していた。

何か間違えたのだろう、と思った。しかし車は止まらない。そのままカーブした道の先に消えた。ふざけているのか、車の調子を確認しているのか、といぶかった。車はいっこうに引き返してこない。

自分が文字通り「捨てられた」と気づいたのは、視線を少し先の路面に移したときだった。そこには彼女の財布や携帯電話の入ったバッグが放り出されていた。

コートを通して凍るような大気が肌に染みいってきて歯の根が合わなかった。バッグの中の携帯電話を取り出し、彼を呼び出し「何やってるの、寒いんだから早く戻ってきてよ」と言おうとして唖然(あぜん)とした。ディスプレイには圏外と表示されていた。

あたりには電話ボックスも人家もない。街灯さえない。車の通る気配もない。

「うそ……」とつぶやいたきり、大声で助けを求めて叫んでみたが無駄だった。

それからどのくらい経ったのか、寒さで体が痺れ意識が朦朧（もうろう）としてきた頃、どこからともなく犬が現われた。大きな犬だったので襲われるかと思ったが、それは尻尾を振って近づいてきて、恵美子の顔を舐めた。そして恵美子の顔を黒い瞳でじっと見つめると、さっと離れ、疾風のように山肌を走っていったと言う。

そして再び戻ってきた。孝純を連れて……。

「殺人未遂だ、それは」

話を聞き終わり、孝純はうめいた。自分のように穴に埋められたわけではないが、この女もまた、殺されかけた。いや、武司という男には、そこまでの気持ちはなかっただろう。年上の女につきまとわれて、ほうほうの体で逃げ出しただけなのだろうが、いかにも後先のことを考えない頭の軽い若者らしい。

「殺すなんて、そんなこと彼、できないし。もしかすると、あれから戻ってきたかもしれない。あそこで待ってるかも」

恵美子は腰を浮かせた。

「戻ってくるわけないだろ」

孝純は低い声で言った。

恵美子の細面（ほそおもて）の顔に怒りの表情が見え、すぐに哀しげに歪んだ。

「そうだよね……。ずっとそうやって自分をごまかしていた」

涙が頬を伝い下りる。そうしてみると、口元や頬のあたりが痩せた女の顔は、確かに二十代ではなく三十をとうに過ぎているのだと納得させられる。しかし孝純にとっては、若い女に間違いない。若い女の涙は、それだけでひどく切なく胸に堪（こた）える。

「ばかだな」

そっと抱き寄せた。女は柔らかくくずれてきた。そのまま孝純の胸に顔を埋めてしゃくり上げている。孝純は、犬に噛まれて、まだずきずきと痛む手をその背に回し、もう一方の手で恵美子の長い髪を撫でていた。しかしそれ以上はできない。

クラウディアの黒い瞳が自分を凝視しているのだ。

恵美子が顔を上げた。今なら拒まないだろう、と今まで、一通り女性との関わりを経験してきた孝純は、その濡れたような眼差しから、判断した。

女の唇が触れられそうに近くにある。もうどうにでもなれ、と顔を近付けた。とたんに、今度は尻に痛みを覚えた。威嚇のうなりもなしに、クラウディアが後ろから噛み付いてきた。

小さく苦痛の声を上げ、体を硬直させた孝純を恵美子は怪訝(けげん)な顔で見る。

「どうしたの？」

「いや……なんでもない」

尻をさすりながら孝純は尋ねた。

「あのね……家族が心配してるよね」

「けっこう家、帰らないこととかあるから」

確かに三十過ぎれば、そうだろう。

「君が、だれと出かけたか知ってるの？」

「そんなこと親に言うわけないじゃない」

「とにかく連絡した方がいいよ、捜索願いでも出されたら面倒だろ。携帯電話あったよね？」

女は自分のバッグを黙って指差す。

「でも通じないと思うよ」

孝純が取り出して見ると、確かにディスプレイには圏外と表示されていた。

「ということは、近くまでタクシーも呼べないってことか」

「ここってどこ？」

「七栂峠のあたり」

「それってどこ？」

「山の中。僕には車がないし……それに金もない。明日、とにかく電話のあるところまで下りて、迎えにきてもらうんだ」

「歩くの？」

女は驚いたように孝純の顔を見た。

「ああ。だから少し寝た方がいい。夜が明けしだい出発しよう」

「寒い……」

「これ着て寝れば」

孝純は女のコートを差し出した。同時にクラウディアも彼女に体を寄せた。

「かわいい」

コートに袖を通しながらクラウディアを撫でる。

「いいな、こんなところで、こんな可愛いコと暮らしているのって」

「まったく……」

孝純は恵美子に体を接して横になる。

「犬は、裏切らないもの。男と違って」

「そうかね……」

「でも変なの、犬と一緒に川の字で寝るなんて」

「まったく変だよ」

孝純は女に背を接して横になる。犬に噛まれた腕の痛みに耐えているうちに、孝純は自分が恵美子に手を出そうとするとなぜクラウディアが阻止するのかわかってきた。

クラウディアは恵美子の貞操を守っているのでもなければ、人間の男女の関係に嫉妬しているわけでもない。クラウディアにとって、孝純は自分の支配下にある雄なのだ。それが他の雌に色目を使ったりすれば制裁する。それだけのことだった。

自然界における犬の群れで、クラウディアのように権力指向と支配欲を持つ雌が現われることは考えにくい。しかしクラウディアは去勢雌だ。厳密には、雄でもなければ、雌でもない。しかも直美のような女に何年も飼われていたのだ。飼い主に似てくることも考えられる。それだけではない。犬は有史以前から人に飼われてきた。彼らの心にも体にも野性など、もはや存在しない。逆に言えば、自然界ではあり得ない、並はずれた攻撃性と支配欲を持ったアルファ雌が出現しても不思議はない。

下界の取り立て屋やベンツのやくざから逃れたと思ったら、今度は雌犬に囲い込まれるのか、としみじみ惨めな気分で目を閉じる。

そのままもんじりともせずに夜明けを迎え、あたりが十分に明るくなってから、孝純は恵美子を起こした。

恵美子は思いのほか落ち着いた様子だ。身仕度というほどのものもなく、クラウディアに先導されるようにして二人は山を下った。

小屋を出るとき恵美子は、「ゆうべ、自分の倒れていたところに連れていってほしい」と孝純に頼んだ。

「いずれにしても帰りに通るけど」

「送るのはそこまででいいです」

「遠慮しないでいいよ」

孝純が言っても、後は一人で帰れるから、と女は執拗に繰り返す。

「携帯で人を呼ぶから、いいの。本当に」

「携帯は圏外になってるんだろ」

それでも一人で帰ると言って聞かない。

「君、まさか、まだその武司クンとやらが戻ってくるんじゃないか、とか思ってたりするわけ？」

恵美子は黙りこくった。

無言で下りているうちに、昨日の場所についた。道の両端に深々と残っている雪が朝日に眩しい。

「ほんと、ここまででいいの。ありがとう、後は帰れるから」

恵美子は片手を振って後退っていく。

「だめだ」

孝純は答えた。

「ちゃんと麓まで連れていく」

「いいって、言ってるじゃないですか」

今度は甲高い声を上げた。

「よくないね、俺の救った命だ」

恵美子の顔に軽蔑の表情が走った。

「そう。つまりそういうことだったのね。別に一回くらいならいいけど、それっきりにしてよね」

「そういう意味では……」と言いかけたとたん、雪を踏み砕くタイヤの音が聞こえてきた。

恵美子の顔色が変わった。

林道のカーブの脇から、上から押しつぶされたような車の平たい鼻先が出た。シボレーのスポーツカーだ。恵美子は逃げ出した。車はスピードを落としながら、たちまち追いつき止まる。

ツイードのジャケット姿の若い男が下りてきて、よろよろと逃げる恵美子の二の腕を捕まえた。

「ばかやろうが」

孝純は吐きすてるように言った。痴話喧嘩の後は、仲直りのお迎えに来やがった……。

しかし昨日、恵美子の話から想像した男にしては、着ているものがやけに高級だ。歳も恵美子が言うほど若くは見えない。それにしても高そうな車だ。おそらく六百万は下らないだろう。

「勝手にしやがれ」

雪の上に唾を吐き、男女にくるりと背を向け「クラウディア、行くぞ」と声をかける。

そのとき女の悲鳴が聞こえた。

「助けて、助けて、殺される」

痴話喧嘩の続きにしては切羽詰まった声だ。

振り返ると男が恵美子を助手席に押し込もうとしている。

「お願い、助けて」

何かおかしい。果たして自分が出ていっていいものかどうか躊躇（ちゅうちょ）しているすきに、クラウディアが走っていった。しかし飛び掛かることはせずに、一メートルほど先で激しく吠え立てている。少しの間迷った。とばっちりで怪我をしてもつまらない。しかし「助けて」と言われて立ち去っていいのか？

決意して孝純は近づいていった。

「おい、今度はどこで女を捨てるんだ」

若者は孝純を一瞥しただけで、拳で恵美子をいきなり殴りつけた。

「なにすんだよ、てめえ」

左の鼻から血を吹き出させて、恵美子がどなった。若者は、躊躇もなく続けざま恵美子を殴ると、ぐったりしたその体を助手席に押し込み勢い良くドアを閉めた。素早く運転席に乗ろうとしたところを孝純が背後から腕を摑んだ。振り向きざまに殴られそうになり、孝純は体を屈め、かろうじて免れた。クラウディアが飛び掛かったのは、そのときだ。

男は小さく声を上げ、スラックスの腿を押さえた。恐怖と怒りに燃えた目でクラウディアを見る。

「昨日は山の中に捨てて、今日は殴るために拾いに戻って来たとは、大した野郎じゃねえか。何なら俺が相手になるぜ」

孝純は啖呵を切った。普段ならこんな狂犬のような若者に喧嘩を売る気にはなれないが、今は背後にクラウディアがいる。

「なるほど、そういうことだったのか。この女、こんなおやじと……」

男は低い声でつぶやいた。

そういうこととはどういうことなのだろうか、不思議に思いながらも助手席のドアを開けて、恵美子を助けだそうとしたとき、何かが自分の脇を擦り抜けた。全身の血が引いた。ナイフだ。ナイフが今、脇腹を狙ったのだった。

逃げるが勝ち、と瞬時に悟った。こんなカップルの痴話喧嘩で刺されたのではしゃれにもならない。

男から離れたそのとたん、ガラス窓に弱々しく手をかけた女の、痣で膨れあがった顔が目に飛び込んできた。

「やっぱりまずいか？」

助けを求めている女を見捨てて、逃げようっていうのか。正義漢を気取ったってしかたないのだが、それにしても……。

孝純は道端に落ちていた木の枝を拾った。それを振り上げ男に殴りかかる。ひょいと男は逃れ、ナイフを振りかざす。その手に枝を振り降ろした。手応えはあった。が、枝は腐っていたのだろう。あっけなく折れた。全身に怒りをたぎらせて男は、ナイフを振りかざした。ナイフは今度も眼前を掠めてそれる。相手は正気ではない。孝純は残雪に足を取られながら、後退する。そのときクラウディアが男の背後から飛び掛かった。背中に食らいつき、ぱっと離れる。長い毛が頭から腰まで逆立っていた。

男は呻き声を上げ、今度はクラウディアにナイフを振り降ろす。しかしクラウディアは敏捷に飛びのき、次の攻撃のチャンスを狙う。

孝純は素早く助手席から恵美子を引っ張り下ろした。

「小屋へ逃げろ」

孝純は叫んだ。

「ここは俺に任せて、君は林を通って逃げろ」

そのときクラウディアを振り切って、男が運転席に座った。はっとした。

ドアが閉まると同時に、孝純は叫んだ。

「クラウディア、来い」

背後に逃げたとたん、勢い良く車はバックしてきた。孝純はクラウディアの胴体を抱え込み、そのまま林道脇の急斜面に転がり落ちた。急ブレーキをかける音が聞こえてきたのと、杉の根元にぶつかって体が止まったのは同時だった。

車の去っていく音が聞こえてくる。男はあきらめたらしい。

杉の根元から身を起こし林道まではい上ろうとして、ふと下の斜面をみたとき、奇妙なものが目に入ってきた。杉の幹を通して車が見える。林道よりさらに狭い、作業用の道があるのだ。その行き止まりに車があった。どう見ても森林作業や、営林署の見回りには使われそうにないコンパクトカーだ。だれか排ガス自殺でもしているのではなかろうか、と密生した細い幹を透かして目を凝らすと、車に近づいていく人影がある。

恵美子だ。

孝純はそちらに向かって下りていく。

足音を聞きつけ、恵美子が痣(あざ)だらけの顔で振り返った。

「君の車か」

恵美子は唇の端に薄ら笑いを浮かべた。

「つまり一人で帰るってことは、この車に乗って帰るってことだったのか」

「……」

「君は、カレシの車から捨てられたはずだったよな」

恵美子は口をつぐんだまま、横を向いている。

「本当のこと、話してもらおうか」

恵美子は答えない。

「こっちも、さっきこういう目に遭ったんだよ」と右手の袖をまくり上げた。林に転がり込んだときに、何かにぶつけたらしく、腕には痣や擦り傷ができている。もっともひどい傷は、昨日クラウディアにやられた上腕部だが、恵美子には区別がつかない。

「すいません」と恵美子は頭を下げた。

「すいませんじゃ、すまないんだよ。あのカレシに車で捨てられたのか？　それにしちゃその車はなんだ？」

恵美子の顔にまた笑みが戻った。ふてぶてしい頰の緩みだ。

「だいたい、なんであいつナイフまで振り回すんだ。それに普通、女をあんな風にボコボコに殴る男がいるか？　もっとも最近の若い男はわかんないけど」

恵美子は黙りこくっている。

「なんか、よほどの恨みを買ってるんじゃないのか？」

恵美子は上目使いに孝純を見た。ぞくりとするような妖しく艶めいた視線だ。この女は要注意だ、と孝純の頭と下半身に同時に警告灯がともった。

「今回は逃げたって、またやられるぞ」

恵美子は腫れ上がった唇を歪めた。

「恨んでるよね、そりゃ」とバッグの中からキーを取り出し、ふてぶてしい動作で車のトランクを開けた。

バケツと雑巾、クリーナーと一緒に紙袋が入っている。それを開けて、中身を見せた。札束だ。十センチほどの高さのが三つ。

「三千万……」

息を呑んだ。

「おまえ、いったい何者なんだ」

女はにやりとした。

「店員。宝石屋の」

「窃盗か、横流しか、何やった？」

「そんなバカじゃないよ。アニエストン・ジュエリーって知ってるよね」

買戻し保証を条件にした強引な売り込みの挙げ句、つい最近、倒産した宝石チェーン店の名前だ。

「知ってる。俺も女に買ってやった事がある」

一度もやらせてくれなかったキャバクラの、という言葉を孝純は飲み込む。

「いいカモってわけね」と女は肩をすくめて話を続けた。

「そのアニエストンで、ヒカリモノ売ってたのよあたし。ノルマはきついし、立ち仕事で足はむくむし、三十過ぎてやってる仕事じゃなかった。だから社長のジュニアを狙って、まあ、うまく捕まえたわけ。ところが結婚にこぎつけようかというときに、会社が倒産よ。あれだけ強引な販売してたとこに、ダイヤモンドから色石まで価格低迷だもん。そしたらベッドの中で彼が口を滑らせたわけ。倒産に先立って、社長が愛人のところに宝石を隠してたって。そっちは店で売ってたようなクズダイヤじゃなくて、モノホン。それをジュニアにくすねさせたのよ」

「たいしたもんだ」と孝純は、思わずうなる。

「別に」と女は笑った。

「簡単だったよ。彼は親父もその愛人も、大嫌いだったし、どうせ会社はもうだめなんだし。それで彼が持ってきた宝石をあたしが自分の人脈使って売り捌いたの」

「どうやって盗品を売り捌くんだよ。モノが宝石じゃ古物商から質屋まで、ちゃんと警察からの御触れが回ってるはずじゃないか」

「盗品じゃないもの」と女は事もなげに答えた。

「計画倒産の前に、愛人のところに隠したブツだよ。どうやって被害届け出すのよ。しかも親父の方も、犯人は自分の息子だと想像はついてるんだし。あたしは何も悪いことしてないよ。カレが持ってきたものを、店で摑んだ馴染みの客とか、友達を通じて売ってあげただけなんだから」

「あのなぁ」

女のあまりにあっけらかんとした態度に、続く言葉もない。

「でもって、この金でジュニアとハワイででも優雅に暮らそうって話になって、成田のホテルで待ち合わせしたんだけど、そこで、はっと我に返ったわけ。ジュニアったって、親の会社が倒産しちゃったら、ぜいたく慣れしたただのアーパー息子じゃない。それと一緒になって、あたし、幸せになれるはずない、って。どうせカレのことだから、パーッと使っちゃって、後はあたしがまた足にマメ作りながら店員かなんかして……。これはまずいってカンジで、ソッコウで逃げ出したわけ」

「つまり持ち逃げか」

孝純は、先程の男の容赦ない殴り方を思い出した。この女なら、そのくらいされてもしかたない。

「でも、よく考えてみたら、この金ってあたしたちが足をむくませながらお客を呼び止めて、おだてあげたり、ローン組ませたりして、さんざん苦労して作ったもんなのよね。つまりあたしたち販売員の血と汗と涙の結晶なわけよ。彼が半分取るってセイカクのもんじゃないわけ」

「ああ、大した理屈だ」

「で、年下の武司ってのが、そのジュニアなんだ」

「確かに武司だけど、歳は上だよ。今年で三十九」

恵美子は答えた。

「あれが三十九……」

苦労したことがないせいかもしれないが、年齢よりずいぶん若く見えた。それにしても四つも上の男に「おやじ」と罵られたことが、急に腹立たしく思えてくる。

恵美子は話を続けた。

「で、約束をすっぽかして自分の車にお金を乗せて逃げたのよ。でも、自分のアパートに残してきたカルチェのリングなんか取りに寄ったのが間違いのもと。ぴんときたあいつが先回りして張ってて、それからカーチェイス。ホントならすぐに追いつかれるところだけど、渋滞してる下の道じゃいくらシボレーのコルベットだって手も足もでないよね。うまく撒(ま)いて山の中に逃げたわけ。雪の悪路なんて、こっちも命がけだけど、スーパーカーはもっと苦手だもの。それでも諦めず血相変えて追ってきたから、カーブで見えなくなったときに、ここの枝道に入ったの。もう真っ暗になってたから、それと知らずに真っすぐに通り過ぎていっちゃったわ。それで戻ろうとしたら、これもんだったのよ」と恵美子はタイヤを蹴飛ばした。

タイヤは半ば溶けかけた雪にめりこんでいる。昨夜の冷え方からして、おそらく完全に凍った袋小路に入り込み、出るに出られなくなったのだろう。

車が動かず、携帯電話も圏外になっている山の中。エンジンを切った車内はたちまち氷点下だ。通りかかる車に助けを求めようとして林道を歩いているうちに、どこからともなく犬が現われて、付いて来いというように吠える。近くに別荘でもあるのだと、喜んで付いていったが、どこまで行っても家はなく、疲労と寒さで動けなくなったのだという。

「そういう事情だとわかってたら、放っておいたよ」と孝純は、足元にいる犬に唾を吐きかけた。

「で、この金を俺に見せたってことは……」

「命、救ってもらったわけだし」

女は腫れ上がった顔で、媚びるように小首を傾げ孝純を見上げた。

「ボディガードしろって言いたいのか。まあ、何があっても警察に保護は求められない立場だな。で報酬は？」

「三百」

孝純の目をじっとみつめ、女は言った。

「やだね」

即座に孝純は答えた。「向こうはヒカリモノを振り回すんだぜ」

「五百」

孝純は首を横に振った。

「どこか日本のはずれの田舎町まで無事に連れていってやる代わりに、千五百だ」

「ばかなこと言わないで」

恵美子は叫んだ。

「俺、借金が二千万あるんだ」

凄味を利かせて孝純は言う。

「あたしと逃げればいいのよ。フィリピンでも、マレーシアでも」

平然とした口調で恵美子は言った。

「無事に現地に着いたとたん、別の男に俺を襲わせるんだろ」

女はふてぶてしい笑いを浮かべた。

三千万の半分、千五百万あれば借金の大半は返せる。とにかくそれだけは、この女から無理やり奪って逃げる。そうすれば……。

「よし、わかった」

孝純はきっぱり言うと、もう一度林の中に入っていった。湿った雪の重みで折れた枝がある。それを引きずってきてタイヤの下に入れる。二、三本ずつ入れてから、恵美子から車のキーを借りた。ゆっくりとアクセルをふかすと、車は雪から脱してじりじりと動き出した。

雪が積もったまま溶けた様子のない北斜面の細道を注意深くバックしていくと、すぐに林道に出た。

「よし、乗れ」

孝純は助手席のドアを開ける。クラウディアが乗り込み、恵美子は運転席のドアを開ける。

「運転、あたしする」

恵美子が孝純を退かして乗り込んでこようとする。

「だめだ」と孝純はその体を押し戻す。

「無事なところに着いたとたん、俺を降ろして逃げるって魂胆か」

「信用ないわね」

「女の言うことなんざ、金輪際、信じない」

恵美子はしぶしぶ助手席に回った。運転席との隙間に大きな図体でクラウディアが座っている。

「じゃまだから後ろいけよ」と言っても、犬はどかない。

林道に出て、孝純は車を峠の方向に向けた。

「どうして上っていくの？」

恵美子が尋ねる。

「たぶんあいつ、麓で張ってるよ。地図によれば、ここを上って峠を越えると、未舗装の道路がある。そこを下りれば県道だ。かなりの悪路が連続するし雪が凍ってるから、スポーツカーでは手も足も出ない」

「この車、スタッドレス、履いてないんだけど」

「まあ、ゆっくり行くさ。運が良けりゃ……」と孝純は、トランクの中にある三千万を思い浮かべた。

林道を上りかけたときだった。眼前のすれ違いスペースにさきほどの平べったいスポーツカーが入っているのが見えた。それが道を塞（ふさ）ぐように斜めに出てきた。孝純は急ハンドルを切る。すんでの所でその鼻面を掠め、ガードレールにドアをこすりつけて躱す。

コルベットはすぐに加速した。カーブの緩い道では勝ち目がない。

孝純は次の分岐で林道から狭い枝道に入った。ひょっとすると行き止まりかもしれない。追い詰められて止まったらどうなる？　車から降りたら終わりだ。そのままひき殺される。

それでは降りなかったら？　背後から激突だ。向こうのダメージも大きいはずだが、さきほどの雰囲気からして向こうも死ぬ気だ。自分が継ぐはずの会社は倒産、親を裏切り、信用も失い、ぬくぬくと育ったジュニアにとっては、失うものはあとは命しかない。そして自分は……。ジュニアにとって、自分は、見ず知らずの女を拾って介抱してやった善意の男であるはずはない。女とグルになって金をだまし取った、殺しても殺し足りない影の男というわけだ。

脇道はカーブが連続する。まもなく前方に車止めのバーが見えた。「冬期通行禁止」と立て札がある。かまわず突っ込み、バーをへし折り進む。

雪でスリップして、車は蛇行している。普通のセダンでもこんな調子だから、スーパーカーではなおさら難儀しているだろう。両脇は鬱蒼とした林だ。この先もし普通の舗装道路にでも出てしまったら、コルベットと国産のコンパクトカーでは勝負にならない。

「降りろ」

ハンドルを握ったまま、孝純は叫んだ。

「降りて、森に隠れろ」

脇には吹き溜まりのようになって雪が分厚く積もっている。このスピードなら走っている車から飛び降りても、そうひどい怪我はしない。

ヘアピンカーブの連続する見通しの悪い場所に来た。

「今だ。クラウディアと一緒に」

女などどうでもいい。しかしこの期に及んで、クラウディアだけは巻き添えにしたくない。恵美子はクラウディアの首輪をひっつかんで飛び降りた。

登り勾配がきつくなり、カーブはさらに続く。追ってくる車の音はだいぶ近くなった。それでも連続するカーブと、残雪のために、双方とも十分にスピードは落ちている。孝純はシートベルトを確認した。

バックミラーに平たい鼻面が見えた。

「今度は大丈夫……頼むから」

哀願するようにつぶやいてサイドブレーキを引いた。

衝撃があった。しかし今度の相手はベンツのように車体が重くはなかった。小型軽量のスポーツカーだ。大したことはなかった。無事だと思った瞬間、自分の車が飛んだ。ブレーキがかかっているにもかかわらず車は止まらない。雪だ。いったん凍結した雪が溶けかけ、摩擦係数は限りなくゼロに近くなっている。世界が回転している。雪を張りつけた崖が接近してくる。目をつぶったとたん車は再び回転し、体も回転した。それだけではない。宙返りしている。

ようやく止まったとき、孝純は自分の体が、頭を下にしてシートベルトで逆さ吊りになっているのに気づいた。車はタイヤを上に向けてひっくり返っている。慌ててシートベルトを外すと肩から勢いよく車の天井に落ちた。

茫然としていると、クラウディアが激しく吠え、肩の辺りをくわえた。割れたガラスから頭を突っ込み、孝純を外に出そうとしている。

「だいじょうぶだよ」

孝純は四つ這いになって外に出る。そのときになって、ひっ、と小さく悲鳴を上げた。

雪を被った北斜面の見事な景色が足元に広がっている。そこはさえぎる木々もない見晴らし台のような場所だ。そして車は、ガソリン臭い黒煙を上げながら、崖っぷちに突き出た岩に、辛うじてひっかかっていた。

振り返れば背後のコルベットはヘッドライトも砕け、鼻面がへこんでいる。こちらは森に突っ込み立木に衝突したらしい。

憮然とした表情の社長のジュニアが降りてきて、後ろ手にドアを閉めた。そして立ったまま、肩を上下させ、荒い息を吐きながらきょろきょろと女の姿を探している。さきほど孝純が降ろしたことに気づいていない。

そのときクラウディアが激しく吠え立てた。孝純はひっくり返った車を振り返り、慌てて飛びのいた。

黒煙の上がっていた車が、いきなり四方から炎を吹き、一瞬後には火に包まれた。その中に風に舞う木の葉のように吹き上がる物があった。孝純は思わず叫び声を発していた。

札が炎に吹き上げられ、ひらひらと崖下の雪の斜面に落ちていく。足元に落ちてきた半分焼け焦げた一万円札を慌てて踏み、火を消す。熱い熱いと悲鳴を上げながら、孝純は半分焼け焦げた札を追う。

はっ、として振り返ると、ジュニアが唇を嚙み、見下げ果てたような顔で孝純の様を凝視していた。その顔からはすでに怒りは去っていた。冷ややかなあきらめの表情がある。そして舌打ちをひとつすると、前面が大破した車に乗り込み、勢いよくドアを閉めた。のろのろとUターンすると、もと来た道を下っていく。

孝純は手のなかにある焼け焦げた札を無意識にポケットにねじ込む。クラウディアが小さく鼻を鳴らして脇にぴたりと体を寄せた。黒い瞳に慰めるような表情が見える。

「結局、こういうことなんだよな……」

へたへたと座り込んで、クラウディアの首を撫でた。

しばらくしてから、恵美子が現われた。そして焼け焦げた車を見て、甲高い声を発した。

「うるせえ、命が助かっただけ、ありがたいと思え」

地べたに足を投げ出したまま、孝純はぼそりと言った。

「どうするの？」

「どうするもこうするも帰るしかねえだろ」

恵美子は大げさなため息をついた。

徒歩で林道を一時間半も下ると、ようやく人家があった。

「ここで電話を借りるんだ」

孝純はそう言って、恵美子の背を押した。携帯電話はここでもまだ圏外だ。

「タクシーを呼んで、帰れ」

「あなたは？」

「小屋に戻る」

「どうして？」

「あいつはもう追ってこないよ。あんたみたいな女にひっかかった自分の馬鹿さ加減がよくわかっただろう」

恵美子は片方の口元だけで笑った。

「ありがと」

孝純はさよならとも言わず、くるりと背を向け、クラウディアとともに逃げるように元来た道を上っていく。

ハードボイルドを気取るのはこりごりだ。今は峠の小屋で、ただ眠りたい。

クラウディアは途中まで一緒に来たが、小屋に着く前に、どこへともなく姿を消してしまった。そして三十分もしてから丸々と太った兎をくわえて戻ってきた。そしていつも通り、腹の辺りを裂いて自分の分を食べ終えると、血まみれの口をぴしゃぴしゃと舌で舐め回しながら、残りを孝純のためにその場に置き、ふいと出ていった。

自分に施されたその獲物を見ているうちに、燃えて空に舞ったあの札吹雪が鮮やかに目蓋に浮かんできた。あれが手元に残っていてくれたら、せめて十分の一、いや、百分の一でも残っていてくれたら、と未練がましく思う。

女を守って、千五百万の金を手にするという夢のような話は、まさに夢だった。

孝純は小さく吐息をつくと兎の皮をむき、それを鉈でぶつ切りにして鍋に放り込んだ。


四人の人間が、上がってきたのは、その日の午後のことだった。老女と三十過ぎの女とカメラマン、それに巡査だ。

人の気配に飛び出していったクラウディアは、吠えることもせず尻尾をふり、一行に愛敬を振りまいている。その表裏ある人格というより犬格に、孝純は呆れ果て非難する気にもなれない。

「どういうことだね、これは。あんた、他人の小屋で」と七十がらみの女が、目をすがめて孝純を見上げた。彼女がこの小屋の持ち主だった。

孝純が言い訳する前に、「すいません、ちょっと話を聞かせてほしいんですが」と三十過ぎの女が言った。女は新聞社の地方版を担当している記者だという。

麓の農家の前で別れた恵美子は、そこの家で電話を借りようとした。玄関といい、縁側といい、開けっぱなしにしているようなこの地域の農家のことで、そこの主婦は、もちろん電話を貸すことを拒否したりはしなかった。しかし顔に痣を作ってやってきた妙齢の女に、何の干渉もせず、何の質問もせずに、電話を貸してやることはしない。他人の事情に介入しないという都会のマンション族のルールは、ここでは通用しない。

山村の主婦は、あからさまな善意を見せながら、恵美子がここに来た経緯を根掘り葉掘り、少しの矛盾も許さない執拗さで尋ねたのだ。

もちろん恵美子としては、自分の目論んだ悪事をしゃべるわけにはいかない。そこで前の夜、孝純にしゃべったのとほぼ同じ話を農家の主婦に対してもした。

恵美子は「車の中で痴話喧嘩し、男に殴られ山の中で降ろされ、凍死寸前のところを小屋番に助けられたかわいそうな女」になった。

そんな告白をした後、彼女はタクシーを呼んで、自分のアパートに帰るつもりでいた。しかしそれでは済まなかった。男の非道さに憤慨した主婦はタクシーの代わりに、駐在を呼んでしまったのだ。

男が年上の恋人を厳寒の山に置き去りにした事件は、すぐに新聞が嗅ぎ付けた。しかし肝心の被害者が凍死どころか、怪我らしい怪我もしてないのだから社会面の記事にはなりにくい。しかも被害者の女が、クラブで出会った男の名前も素性もわからず、知っているのは年下ということだけ、と答えたのだから、常識ある人間の感覚からすれば、犯罪というより、行きずりの男の車に乗った挙げ句、喧嘩して捨てられた馬鹿な女のトラブルでしかない。

それでも地元の地方版は飛び付いた。

恋人に置き去りにされた女を犬と山小屋の小屋番が発見、凍死寸前のところを救出し、介抱し、一命をとりとめた。近ごろ稀に見るサスペンスフルな話だ。

地方版を担当していた女性記者は、恵美子に取材した後、小屋番の自宅に電話を入れた。しかし女を助けたはずの小屋番は、年末に軽い脳梗塞で倒れ、自宅療養中だった。昨年の十一月から、一度も小屋には行ってないという。そして小屋では犬など飼っていないらしい。

無人のはずの山小屋に小屋番と犬がいた……。どうやらだれかが、勝手に小屋の鍵を壊して、飼い犬とともに建物を不法占拠しているらしい。

たいへんだ、と言い出したのは、小屋番の妻だ。そして地元の駐在とともに、新聞記者とカメラマンまで引き連れて、一緒に上がってきたのだった。

孝純は頭を抱えた。小屋番がここに戻る四月前までは、無事に過ごせるはずだったのが、仏心と下心を出して、若い女など拾ってしまったのが運の尽きで、あらゆるトラブルが息つく暇もなく襲ってくる。

不法占拠の上に、ガラスを割った器物損壊、さらには土産物の乾物も勝手に食べてしまったから窃盗。紛れもない犯罪者だ。

「すいません」

小屋番の妻に、孝純は頭を下げる。

自分が借金をしてやくざに命を狙われ、命からがらここに逃れてきたこと、そこで愛犬とともに小屋に隠れていたことなどを洗いざらい話した。壊したガラスや食べてしまった米や土産物の代金を払わなければならないが、金が一銭もない、と正直に言い、もう一度頭を下げた。

「本当に、着のみ着のまま拉致されたもので、財布も身の回り品もないんです」

小屋番の妻は呆れたように、ため息を一つついた。そして「まあ、結果的に人助けしたわけだからね」と相変わらず目をすがめたまま言う。その手をクラウディアが舐めた。

「いい子だ」

老女の表情が、急に穏やかなものに変わる。

「で、救出されたときの模様をお聞きしたいんですが」

女性記者が、小屋番の妻を押し退けるようにして、手帳片手に孝純に尋ねた。

「救出？」

恵美子を助手席に乗せて、ヘアピンカーブを走り、とあの場面を思い浮かべた後、あのことではなかったのか、とあらためて思った。昨夜、女を助けた一部始終を孝純は粉飾を交えず話す。

カメラマンがレンズを向けた。

「すみません、写真は勘弁してください。実名報道も、やめてください」

孝純は懇願した。

失礼でなければ、と前置きし、記者は孝純がここに来る前に、何をしていたのか、と尋ねた。

孝純は無言で、カメラマンを指差した。

「彼と同じですよ」

「はあ？」と年配の報道カメラマンは、ぽかんとした顔で孝純を見た。

「プロダクションの雇われだったんですがね、不況の真っ只中（ただなか）で、独立しようなんて、大それたことを考えたのが運のつき……」

「何か撮りたいテーマがあったんですか？」

報道カメラマンが尋ねた。

「日本の自然……ですかね」

当然のことながら、口から出まかせだ。

「一分の隙もない演出をして、ファッションと女を撮るのに、うんざりしていたんですよ。俺には向いてない、と悟ったというか。自分の仕事は自然、それもここのような都市近郊に残された最後の秘境を記録していくことではないかと」

言葉はすらすらとつながった。

女性記者の目が輝いた。

「ネイチャーフォトグラファーを目指されたんですね」

「ええ。しかしどこの世界も同じでしょうけどね、自分のテーマを追えば金にはならない。結果として借金ばかりがかさみまして」

記者は、大きくうなずいた。

そのとき巡査が、孝純の方を顎で差しながら、小屋番の妻に尋ねた。

「それじゃ、どうします。ここからすぐ出ていってもらえば、それでいいですか？」

巡査の質問には答えず、小屋番の妻は、孝純の方へ向き直った。

「あんた、ほんとに金、ないのかね？」

「はい」

「じゃ、ちょっと来ておくれ」

ぽかんとしている孝純に向かい、小屋番の妻は自分と一緒に山を下りるように促した。

二時間後、孝純は背負いこに段ボール箱を三つ括りつけ、小屋に向かって登山道を上っていた。

小屋番の妻は、窓ガラスと食べてしまった商品の代金を孝純の体で弁償させたのだった。

彼は倒れた小屋番の代わりに、食料や、茶店で出す飲み物、売り物である土産、日用品の類を小屋まで運び上げることを命じられ、そのかわりに米やその他の食物を分けてもらい、しばらく小屋に寝泊りすることを許された。

本来なら三月いっぱいは、小屋を開けないところだが、この時期、ハイカーも多少は上ってくるので、どうせいるのなら開けて店番をしてくれと、小屋番の妻は言った。そのまま小屋番が復帰するまで、小屋を守ってくれたらなおいいらしい。

凍死寸前の女を救ったことで、孝純は妙に信用されてしまったようだ。

犬の支配下で山暮しなど、考えただけで気が滅入るが、他に行き場所はないのだからしかたない。「そうさせていただきます」と孝純は深々と頭を下げた。

クラウディアとの静かな暮らしは、それから二日と続かなかった。

翌々日は、土曜日だった。中高年の女ばかり六人のパーティーが、一キロ先から聞こえるような大声でしゃべりながら、上がってきた。

小屋のところまで来ると、外のベンチに腰かけ一斉に甘酒を注文した。

飛び出していったクラウディアを見て、「ああ、この子、この子」と頭を撫で始める。

甘酒を運んでいった孝純を見て、「あらぁ、ほんと、純朴な感じの、ちょっといい男じゃないの」などと無遠慮に言う。

「あの、何か？」

眉をひそめて孝純が尋ねると、女の一人がごそごそとバッグの中から、新聞を取り出した。そこには冠毛をさらりと垂らしたクラウディアが、杉の林を背景に、すっくと立ってこちらを見ている写真があった。

「犬と人の見事なチームプレイ、凍死寸前に助けられる」と見出しが載っている。

そこに書かれていたのは、赤の他人が読んでさえ気恥ずかしくなるような美談だ。

深夜、山に捨てられた女が、犬と小屋番によって救出された。無事山小屋に着いた後、小屋番が女の凍りかけた体をさすり、そのそばに犬が身を寄せて温めた。犬と人との必死の介抱の末に、女は蘇生した。それだけではない。小屋番は元カメラマンで、事情があって山に入った男。一晩中、女の身の上話を聞き、励ました。

「今まで、あんなに親身に相談に乗ってもらったことはありません。彼のおかげで現実に立ち向かう勇気がわいてきました」という女の談話が掲載され、記事は「まさに創成期の山小屋の小屋番気質を見た」と結ばれている。

「あの悪党が」と孝純は心のうちで舌打ちしながら、恵美子と名乗るミニスカートの女に翻弄された丸一日を思い出す。

写真はクラウディアのものだけで孝純の顔は載っていない。理由は彼が撮影を拒否したからだが、そのことが奥床しいイメージを作り上げ、元カメラマンである小屋番は、女性客の好奇心と想像力をかきたてたらしい。

その日の午後、今度はある女性週刊誌の記者とカメラマンと名乗る中年男二人が、話を聞かせてほしい、とやってきた。孝純としては、若い女性ライターならともかく男の記者の相手をする気などない。それに余計なことを書き立てられて素性がバレたら、また取り立て屋に追いかけられる。

「お話しするほどのことは何もしていません。遭難した人を助けるのが、小屋番の仕事です。それから写真も勘弁願いたい。顔を売る趣味はありません。申し訳ないが、ご覧のとおりこの時期は忙しいのです。お引き取りください」

孝純は毅然としてそう言い、彼らを追い払った。

四日後に、荷揚げのために麓に下りてみると、運び上げる荷物がやけに多かった。ジュース類や土産物といった商品の他に、デパートの紙袋二つと、見慣れた自分のカメラバッグがあった。

小屋番の妻の話によると、一昨日、孝純の知り合いだと名乗る女が家にやってきて、カメラバッグと紙袋を置いていったと言う。

直美だ。あの新聞記事とクラウディアの写真から、孝純が山に逃げたのだ、と知ったらしい。孝純の顔は出なくても、愛犬の写真を見れば彼女にはわかる。

「彼とはきっぱり切れたし、彼の荷物を家に置いといてもしかたないので、渡してください」

直美は小屋番の妻にそう言い、名前も告げずに去っていったという。

紙袋を開けると、孝純の下着やジャンパー、歯ブラシやプラスティックのコップ、コンドームまでが乱雑につっこまれていた。

「あんまり女、泣かせるんじゃないよ、あんた」

小屋番の妻は、ぼそりと言って、孝純の肩を叩いた。

その日は一回で荷物を運び切れず、二往復して小屋まで上げた。いずれにせよ、カメラと器材が手元に戻ったのはありがたい。

荷物の一番下に入っている女性週刊誌に気づいたのは、小屋に戻り、荷解きをほぼ終えたときのことだ。小屋番の妻が入れておいてくれたものらしい。

ぱらぱらとめくって仰天した。精悍な面立ちの山男が、ミニスカートの美女を抱き上げ、吹雪の山道を歩いているイラストがある。その脇には、心配気に女を見上げるアフガンハウンドが描き込まれている。

「感動秘話　雪山に捨てられたＯＬを救ったアフガンハウンド。目覚めるとふさふさの毛並みと大きな黒い目が……」

あの中年の記者は、取材拒否されたにもかかわらず、新聞よりもさらにドラマティックなストーリーを仕立て上げて掲載していた。小屋番は零下十五度の吹雪の中、命がけで女を救出し、犬と一緒に夜を徹して介抱した。女の体が回復した後は、厳しいが暖かい言葉をかけて、失恋した女を励ました。そして翌日、女を麓まで送り届けた後、名前も告げずに山に戻っていった。

「けっこう風が吹くんで雪が舞って、ときには吹雪みたいになるし、体感温度はたぶん零下十五度くらいになるんじゃないですかね」と地方版の女性記者に語った覚えはあるが、零下十五度の吹雪の中で女を救出したなどとは言っていない。

さらにその小屋番は、「澄んだ瞳で」語る。

「お話しするほどのことは何もしていません。遭難した人を助けるのが、小屋番の仕事です。それから写真も勘弁願いたい。マスコミに顔を売るのは気が進みません」

それだけではない。「彼」は、元は女性を撮らせたら右に出るものはいない、とまで言われた名カメラマンである。その彼が山に登ってしまった理由は次のようなものだ。

「金のために、ファッションや女を撮っているのが、嫌になったんですよ。三十代も半ばを過ぎれば、自分のテーマが定まってくるじゃないですか。失われゆく日本の自然を記録することが、自分のライフワークではないか、とあるとき気がつきましてね。小屋番をしながらネイチャーフォトグラファーとして、いい仕事をしていきたいと、今は、思ってます」

「冗談じゃねえ」

孝純はかぶりを振った。

世俗的栄光と欲望を捨て、自らのテーマを追って山に入ったカメラマンと、頭が良くて忠実な犬……。

「俺は仙人じゃねえ」

あたりに人がいないのを幸い、声の限りそう叫ぶと、小屋の戸口でクラウディアが短く吠えて答えた。


麓からは、女性客が頻繁に上がってくるようになった。週刊誌にあったような、本物の雪山ならだれも来られないが、七栂峠は小学生でも登れるような半端なハイキングコースだ。

中高年のおばさんグループがやってきて、甘酒を飲みながら、一時間も孝純をサカナに大声でしゃべった後、木耳(きくらげ)やわらび、山くらげといった乾物の土産物をどっさり買って帰っていく。休日になると若い女がやってきて、クラウディアを撫で回す。何を間違えたか、コーヒーを飲みながら、自分の失恋話を延々としていくＯＬがいる。夕暮間近に登ってきて、宿泊設備のない小屋に泊まっていく非常識な娘までいる。

孝純が不機嫌になり、ぶっきらぼうな物言いをすればするほど、信頼感と人気は高まる。高潔で寡黙で少し偏屈な山男に祭り上げられた孝純に、クラウディアの監視は厳しい。妙なふるまいをすれば、牙による制裁が待っている。下界に下りれば取り立て屋が待ちかまえている。何より金がない。

寒く、退屈な夜、孝純はポケットの中の焼けて半分なくなっている一万円札に触れてみる。焦げ臭い匂いが、あの命の縮むような記憶を呼び戻す。信じがたくばかばかしい一日だったが、その焦げ臭い札は、たとえ一瞬でも、自分が体を張って何者かに立ち向かった証拠ではある。

孝純に対して狂暴なクラウディアは、外面（そとづら）だけはいい。だれにでも尻尾を振り、穏やかで思慮深げな瞳でみつめ、女性たちを魅了する。

小屋を出れば、山肌が薄赤くもや立ったように見える芽吹きの季節だ。ハイカーの数は、日一日と増え、小屋の売り上げもうなぎのぼりだ。正直に売上金を渡すと、小屋番の妻は、その中から雀の涙ほどの賃金をくれる。

二日に一度、孝純は清涼飲料水の缶や土産物を小屋に担ぎ上げる。「女を撮りてえ、やりてえ」と呪文のようにつぶやきながら、一歩、一歩、赤土と枯葉の道を踏みしめていく。

荷揚げのないときは、登山道の崩れた階段を直し、倒れた道標を付け直す。

その合間に、写真を撮る。

被写体は、峠から見た山並や、芽吹いた山桜、茎部分が結氷する霜柱という草、雪の残る杉林……そしてクラウディア。他のものを撮りたくても、ここにはそれしかない。

もしあのとき三千万を持って、無事に下界にたどりついていたなら、と孝純は思う。

クラウディアの代わりに、恵美子と一緒に暮らしていたかもしれない。悪事を働いた女と二人、これも腐れ縁とあきらめ、借金取りや恵美子の騙（だま）した男たちから逃げ回っていたに違いない。

炎とともに巻き上がった三千万を思い出し、おかげさんで、とつぶやく。

クラウディアが小さくうなった。鳥を狙っている。

ファインダーを通して見るクラウディアは、めまいがするほど魅力的だ。獲物を前に身を低くして構えた猛獣の姿、金色の毛を風になびかせ跳躍する体。

スーパーモデルなんか、目じゃないぜ。

半ば自棄(やけ)になって孝純はつぶやいてみる。

俺はようやくテーマをみつけたのかもしれない、とその四肢の長い、金色の冠毛を垂らした犬に、ぴたりと焦点を合わせた瞬間、彼はふと思った。

初出
トマトマジック――小説新潮二〇一一年一月号
蒼猫のいる家――小説新潮二〇〇〇年七月号
ヒーラー――小説新潮二〇〇三年七月号
人格再編――小説新潮二〇〇八年一月号
クラウディア――小説新潮一九九九年六月号

となりのセレブたち

二〇一五年 九 月二〇日 発行

著 者 篠田節子 しのだ・せつこ

発行者 佐藤隆信

発行所 株式会社新潮社

東京都新宿区矢来町七一
郵便番号 一六二―八七一一
電話（編集部）〇三―三二六六―五四一一
（読者係）〇三―三二六六―五一一一
http://www.shinchosha.co.jp

印刷所 大日本印刷株式会社

製本所 大口製本印刷株式会社

価格はカバーに表示してあります。

ISBN978-4-10-313364-3 C0093

長女たち　篠田節子

当てにするための長女と、慈しむための次女。それでも長女は親を見捨てることができない——親の介護に振り回される女たちを描く国民総介護時代に必読の連作短編。

スカラムーシュ・ムーン　海堂尊

もうすぐ「ワクチン戦争」が勃発する⁉ 霞が関の陰謀を打破するべく、医療界の大ぼら吹き（スカラムーシュ）・彦根新吾が壮大な勝負を挑む。世界規模で描く海堂サーガの最高潮（クライマックス）！

悲素　帚木蓬生

悲劇は夏祭りから始まった……。現役医師の著者が「和歌山カレー事件」を題材に「毒」とは何か、「罪」とは何かを描ききる。「怒り」と「鎮魂」の医学ミステリー。

十字路が見える　北方謙三

結核を抱えて過ごした学生時代、没原稿を量産した二十代、新たな可能性に挑んだ三十代——成熟と失敗から生まれた名言が光る、他の誰にも語れない極上人生論。

抱く女　桐野夏生

この主人公は、私自身だ——。1972年、吉祥寺、ジャズ、学生運動、そして恋愛。不穏な時代、切実に自分の居場所を探し求めた20歳の直子を描く永遠の青春小説。

主婦病　森美樹

欲望、猜疑、諦め……私も患っているのだろうか、主婦という病を。悩み、こじらせ、もがく女達の日常を描く、第12回R-18文学賞読者賞受賞作を含む連作短編集。